何一峰武侠小说

何一峰武侠小说

白眉大侠

何一峰 著

中国文史出版社

图书在版编目（CIP）数据

白眉大侠 / 何一峰著. -- 北京：中国文史出版社，
2025.3

（何一峰武侠小说）

ISBN 978-7-5205-3879-4

Ⅰ. ①白… Ⅱ. ①何… Ⅲ. ①侠义小说-中国-现代
Ⅳ. ①I246.5

中国版本图书馆 CIP 数据核字（2022）第 199686 号

责任编辑：牟国煜

出版发行 **中国文史出版社**

社　　址：北京市海淀区西八里庄路 69 号院　　邮编：100142

电　　话：010-81136606　81136602　81136603（发行部）

传　　真：010-81136655

印　　装：廊坊市海涛印刷有限公司

经　　销：全国新华书店

开　　本：880×1230　1/32

印　　张：6.25　　　字数：91 千字

版　　次：2025 年 3 月第 1 版

印　　次：2025 年 3 月第 1 次印刷

定　　价：53.00 元

自　序

嵘少也贱，又不文，志趣隘然，了无勾当。忆在少时豆棚瓜下，每和故老野人谈叙野闻怪事，如虎行大海，龙啸空山，风吹七只酱缸，三千里只转瞬间事。似此险语惊天，危言耸石，虽近于神怪不经之谈，然而言者掀髯，听者色舞。其中光怪离奇，若合符节，亦尽为茶余酒后消遣之资助，不足为大雅道也。求其最亲切、最令人神往者，则莫如谈述邻阜白眉侠苗星之逸闻遗则。

苗星固浊世之怪杰也，其起死人肉白骨之历史，固层出而不穷；其惊天地泣鬼神之手段，更弥漫而益涨。彼之一身事业，以诛白莲元首为最奇特；彼之一瓣馨香，以皈依月朗长老为最诙诡。故老既述叙其往事，余

1

直笔之于书，其事实为理所必至，不越乎人情揆度之外，固非若龙行大海，虎啸空山，尽以骇人听闻见长也。

嗟乎！河山磊气，运歇英才，鼙鼓声沉，消磨战骨。彼负绝技、具卓识之特出人杰，终不免为时势和环境之所熔铸、所支配，竟致空门遁迹，块垒全消，以老、以病、以死。及今道其事，想其为人，犹不禁生出无量噩梦，抹却无量眼泪。吾不知身受者之更何若，夫安得起苗君于九泉，而一谈剑侠之生活也。

是序。

目　　录

1

第一回

头角峥嵘佳儿非俗器
梦魂错愕绝技得仙传

这部书说的是清高宗时代的一段侠义历史，因为那时候是清朝国运的鼎盛时候，也就是我们中国小百姓们极痛苦、极呻吟的时候。其间应运而生的当局人才，自有史官去替他写生，在下这一支飞花的笔，却也不屑后脑髓、涸心血，去评论那一班认贼作父的家奴走狗。就有一二特出之士，想用笔舌为秘密的运动，唤起四方的有志之士，颠覆清朝的国运，好把这乾坤扭转过来，到头来只落得个大逆不道的罪律，于当代的社会毫无补益。

在下从感慨无穷之际，却想起那时候，社会上有一位热血的英雄，这位英雄又近在我们盐海，故老多能谈述其可惊可骇、可怒可怨的历史，可惜在下出世不早，未获得见前辈英雄的光彩。但据故老丘棚花下，提起他的大名，没有个不赞扬他武术绝伦、肝胆出众，专和清朝官吏做对头，是专替小百姓做救命主，虽然不涉及政治的思想，倒很在社会上打些不平，做出许多惊神泣鬼的事业出来。在下却能综其一生事迹，原原本本叙一个梗概，固不敢稍涉无稽，亦不肯过事夸饰。在天有灵，亦当与在下以魂梦精神相往来。

话不絮烦，如今且说江苏阜宁乡间，有一所小小的大王庙，山门剥蚀，树草凄凉。自从宋朝敕建以来，直到那时，却不曾有人修理，颓垣破瓦，差不多要坍倒下来。庙里有五六个和尚，住持的老和尚名唤月朗，年纪约有六十多岁，日间在庙外督率一班和尚种瓜植菜，夜间在禅房里焚修静养，却是一位极清贫极苦行的高僧。

这晚二更向后，月朗老和尚正在打坐蒲团，忽然觉得心里动了一动，像有些心血来潮的样子。因为他这庵庙极穷，不怕盗贼来转他的念头，山门却不用关闭。

老和尚在那心血来潮的时候，心问口、口问心地轮算了一番，便走出山门。看天上的一轮明月，照着门前的一泓清水，万籁俱静，连风动木叶的声音都没有。老和尚却暗暗地叫了一声："奇怪！"正待回到禅房安歇，猛抬头看见月光下面有一道惊鸿掣电的红光，像流星一般的快，穿落在隔岸一家茅屋里面，倏地便不见了。老和尚方才恍然明白过来，也不说什么，仍然回庙去了。

第二天却听得隔岸一个姓苗的人家，便在昨夜二更时候，生下一个儿子。老和尚很有些道行，早知此子将来的成就不凡，果能皈依法主座下，据他的法力，绝能降龙伏虎，便放在尘世间，也要做出一番起死人肉白骨的惊人事业。

等到那孩子弥月以后，老和尚携托盂钵，渡河向那茅屋人家走去，假托化缘为名，请他家把弥月的小居士抱出来见一见。那孩子的父亲苗锡祚、母亲沈氏，拗不过老和尚的佛面，遂将孩子抱出来。老和尚看那孩子头角峥嵘，两个眼睛像小星一样，那两道眉毛分得齐齐的，白得像鹤羽一般白，左眉中心有一颗朱砂痣。

老和尚看了，暗暗点头，却不把那夜所见的情形对苗锡祚夫妇说，说出来怕骇人所闻，便向那孩子笑了一声道："好一个白眉小居士，你认得老僧吗?"

那孩子煞也希怪，见老和尚说完这话，只顾翻着一对小眼睛，不转瞬地向他注视着，仿佛要看清他的相貌，忽地哇的一声哭起来。老和尚听他啼哭的声音竟似钟一般响，想不到这么小的孩子，竟哭出这么大的声音来，便问锡祚道："这小居士可给他取个大名吗?"

锡祚道："三朝那一天已给他取了一个大名，单字叫作苗星，乳名就叫作白眉。"

老和尚合掌笑道："善哉善哉，这白眉小居士，前世老僧欠他未了的债，今世老僧又和他结下未了的缘。看他这样一副的异相，功名富贵却然轮不到他，他铸就得一副铜肝铁胆，也不把那功名富贵看在眼里。居士肯舍此子给老僧做徒弟，将来有这造化，能做得我们淮东的一尊大佛。不知居士的意思以为怎样?"

苗锡祚笑了一笑，却令沈氏把苗星抱入房内。老

4

和尚也就笑别而去。

光阴好快，星移物换，转瞬间又是几度秋风。苗星长到五岁的时候，觅枣抓梨，像煞叫人可爱。不幸他父亲得病逝世，可怜他的孀居寡母，只靠着几亩薄田生活，却忍饥挨饿，储蓄几文钱财。等待他父亲满服以后，便便把他送到乡间书塾里读书。

苗星天性顽皮，提到读书这一句话，就老大不高兴，便问他母亲读书有什么用处。

他母亲说："读书可以取功名、做高官。"

苗星道："读书不过取功名、做高官，究竟取功名、做高官的人又有什么用处？"

他母亲倒被他一句问得嗫住了，却看不出他是个小孩子，竟会说这样的大话。谁知苗星真个把读书看作一件没有趣味的事，一等到晚间放学的时候，却邀约一班村童，去打石子、闹把戏、捉迷藏耍子。他有本领，能将一颗石子打上天，落下来还在他的手掌心里；能将身子倒转过来，像竖蜻蜓的一样，用两只手一递一换，飞也似的在地面上走着；又能用一块白布把眼睛绷起来，他有这眼力，能辨认众村童的身影笑貌。所以他虽不喜读书，却对于这三种玩意儿，在众村童堆中，算他是个大拇指。

他母亲因他不肯用心读书，又看他生得那样的神筋骦骨，想起他的舅父沈虎林在山东郓城地方开场收徒，就将他带往山东。一路上不知吃了许多的风霜辛苦，好容易到沈虎林那里。沈虎林见了这个外甥，很是欢天喜地，便在场子里，先教给他许多猿猴献果、金鸡独立、连环拐、鸳鸯等的名目。

苗星对于技艺方面，本来聪颖非常，不上三年，已能将沈虎林这几种功夫习得十分娴熟，并且他又练熬得一身的活力。在练习气力的时候，都穿着紧身的马甲，那膀臂肌肉之间，就像有无数的小耗子在那里乱钻乱跳。后来他的年纪一天一天地大起来，功夫也就猛进得非常之快，却又习得好一把单刀，射得好一支箭，打石子的那个玩意儿，真个使用得出神入化、灵妙非常。在那一班练武艺人当中，却也算得他是个鸡群之鹤。

这夜，苗星兀自睡在卧房里面，觉得有些闷咄咄的，耳朵里似乎听得有人说话，却看不见那个人的模样儿。苗星暗暗诧异，再仔细一看，却见一个人影子在窗外一闪。苗星便走出门外，在腰间一个如意囊中摸出一颗石子，分明看那人影已闪到屋上，苗星把那石子在手中虚闪一闪，一纵身，已跳上屋脊。星光之下，再看那人影，飞也似的直飞到城墙上。苗星展动飞檐走壁的功夫，行了一会儿，便到这城墙上，那人影似乎就在眼前的样子。

苗星兀自叫道："城墙上是站的什么朋友？好汉休使暗箭，请会一会面不妨……"

话犹未毕，又见那人影一闪，已闪到城外去了。

苗星站在墙头上，向下望着，不防无意滑了一跤。幸亏他的手脚轻快，在那一跤倾跌城外的时候，早使一个猛虎翻身的架势，好像半空里落叶一般，飘落在地面上，却没有受着损伤。仔细闪目一看，哪里还见到什么黑影，耳畔忽听得有脚步的声响，不由吃了一吓，忙将身躯闪后几步，却看见一个神采奕奕的老者，在星光下舞起拳来。

苗星原是个惯家，看那老者的拳法，真个变化不测，不觉脱口喝出一声彩来。

那老者似乎听他在那里喝彩，便也停身不舞，忽地向他哈哈笑道："你这小小年纪，也懂得身法吗？你看我的身法，比你舅父的身法是怎么样？"

苗星听他口出大言，竟不把他舅父那么大的本领看在眼里，任凭那老者的身法好到怎样程度，哪里还按捺得住，也就不顾轻重，向那老者怒道："你这老东西受不起抬举，满口就说些梦呓，你怎比得你小爷爷的舅父？"

　　那老者笑了一笑说："你既说我比不得你的舅父，你敢和我比武？"

　　苗星虽明知未必便是老者的对手，但如何还肯向他说一句低头的话，又向那老者说道："小爷爷就同你比试，难道还怕你不成？"

　　一面说，一面便将那颗石子仍放在如意囊中，早抢立上风，使一个门路，就此和那老者动起手来。谁知打了两三个回合，这一个猛虎穿心的手势似乎要打中老者的前心，不知怎的，却是打了个空，那一个叶底偷桃的腿法要踢中老者的腰眼，眼见得自家双脚齐飞，分明是踢着了，却仍是踢了个空，心里诧异得很。

　　再看左边有一个老者，右边有一个老者，前边有一个老者，后面似乎也有一个老者，眨眼间觉得左右前后像有无数的老者，一样的装服，一样的身手，但老者的一脚踢在自家的身上，也像似踢不着，一拳打在自家的身上，也像似打不着。苗星尚想不到老者的身法竟好到这样，人家是个老年人，并非和自己有意寻仇，不要伤害自己的性命，反是自己发起火性，拿着卵蛋去碰石子。

蓦地想到这一层，心里又是羡慕，又是惭愧，那燎天的火焰也就顿时挫息下去，便不禁向后退闪几步，扑翻了一个筋斗，向那老者纳头便拜。再看只有一个老者，并没有第二个。

那老者忙扶着他笑道："你这身法，还早得很呢！如果你晓得我的好，我来指点指点你。"一面说，一面把苗星扶起来。

苗星也笑道："不打不相识，我愿意拜你为师。"

那老者听了，摇摇头说："我指点一些好的就是，你如何能算我的徒弟？"

苗星问老者是什么话，老者且不理他，转附着他的耳朵，说了一大阵，又问苗星："我说的话，你听清了吗，记清了吗？你就在这上面用功夫好了。"

苗星点点头，正待要向那老者请示一番，却不防倏地被老者打了一巴掌，刚打在顶额上。苗星不禁叫了一声"哎呀"，霎时间醒转过来，乃是南柯一梦。

苗星在醒过来的时候，仿佛那老者向他附耳所说的话，一句句都已钉入心坎儿里，摸摸头额，还有一些疼痛，但痛一会儿便不痛了。兀地跳下床来，把油灯剔亮了些，暗暗想道："这是从哪里说起？三秋天气，我是做的什么春梦？"不由将信将疑地依着老者梦中吩咐的话，练习了一番，心里很觉畅快。

忽地听得后房里有一阵吵嚷的声音，苗星忙走出房外，早知那后房是他舅父的卧房，只不知是出了什么祸变。

又听得一人的声音喝道："十年的事，你怎么忘了？看老子来杀一下子，要拆毁了你这鸟场。"

又听他舅父沈虎林的声音喝道："不是我到你那里找你，是你三番两次要前来和我为难。但我姓沈的一不是怕人，二不是让人，要躲避也是躲避不来的，你且杀得来。今日的事，不是鱼死，便是网破，不是你死，便是我活。"

苗星听到这里，好生惊异，暗想：后房有人要和我舅父厮杀吗？便飞一般跑到后房一看，却没有见什么人在那里厮杀，听那厮杀的声音还在后面，因恍

10

悟：更深夜静，听那厮杀的声音虽不甚近，听来就像在眼前的一样。急忙走到后院一看，星光下见后院周围就同下围棋布定子般，已站满了他舅父几个徒弟，都是短衣窄袖的武士装束。他舅父手里握着一把单刀，泼风也似的和一个灰衣人在围场里动手厮杀起来。

那人的刀法，看来像煞很有点儿门路。苗星虽信得他舅父的刀法虽好，不知杀退北五省地方多少以刀法著名的好手，不过看那人的刀法，还比他舅父高到数倍。眼见他舅父先前同那人战了十来个回合，并没有分出什么上下。战到三十个回合以后，好像已有些支撑不住了。苗星却暗暗替他舅父捏了一把冷汗。

欲知后事如何，且候二回再续。

总评：

月朗老和尚曾云："这白眉小居士，前世老僧欠他未了的债，今世老僧和他结下未了的缘。"寥寥数语，直伏下十六回文字，有匣剑帷灯、跃跃欲试之妙。

沈锡祚因月朗欲化苗星，笑了一笑，令

沈氏将苗星转抱入内，月朗也笑别而去。两人神情，俱活现纸上。

苗星梦中一节，构思设局，俱极离奇，不是梦境，的是梦境。然而梦时境状，亦有时而真，真者又何往非梦。文情描写入神，出俗绝尘，不食人间烟火。

通篇情节极诙奇之至，而笔亦曲折以达，才大心细，实为说部中好文字。

第二回

白眉侠巧胜千里眼
灰衣人来报十年仇

　　话说苗星见他舅父沈虎林同一个灰衣人在那里斗
了二三十个回合，那灰衣人的刀法却一步逼紧一步，
沈虎林却一步闪让一步，好像有些招架不住的样子。
沈虎林的几个徒弟团团地围在那里，本来因他师父的
刀法没有胜不了灰衣人的，却也赶来给他师父壮一壮
声威，并不是仗着以许多人杀人家一个人，伤坏他师
父一生的英名。如今看他师父有些不能招架，也就顾
不了许多，大家都显出雄赳赳、气昂昂的样子，执刀
的执刀，提剑的提剑，准备一拥上前，想给他师父捞
回本来。早被苗星看在眼里。

苗星因他们都是一种蠢材，不过在舅父跟前学得点点儿把式，纵然再来几个，又有什么用处？便想喝止他们，不用虚张声势，却预备自己走进围场，换他舅父接杀一阵。忽然见那灰衣人向后倒退了几步，喝了一声："且住！"双方就此捉刀而立。

苗星的眼光最是锋锐，星光之下，看那灰衣人生得虎眉电目，黑漆似的面皮，一部刺猬似的络腮胡须，益发显得凶神恶煞的样子。他的相貌虽然凶恶，觉得他那眉目之间却露出凛凛的威风。

那时灰衣人指着他舅父的几个徒弟说道："他们是来看热闹，还是帮助你下场的？如果他们是来看热闹，热闹也看过了，总算老子十年前败在你手，十年后却占了你这点儿便宜。如果他们是帮助你下场的，老子不明白你这里是什么规矩，要几个人来杀一个？像这样倚仗人多取胜的行径，老子用不着再动手了。你要晓得，好汉和人动手绝不要人帮助，要人帮助的绝不是好汉。凭老子一个人，一把刀就杀了百八十，也算不得是个好汉。他们果有这吃虎的胆，敢来斗一斗我这强龙，总须得同老子捉对儿厮杀，才可以拼个死活……"

话犹未毕，苗星早闪到他的面前，说："你要捉对儿厮杀吗？也好，小爷爷便同你在这里玩玩吧！"

那灰衣人不住地向苗星打量着，面上却露出瞧不起的神气。

沈虎林站在那里，见苗星猛地闪得上来，心里焦躁得神魂不宁。

却听那灰衣人接着苗星的话说道："你这小子，别要发糊涂，打仗也没有带着家伙。老子看你这小子可怜，硬要来替你师父一死，你师父已知老子本领，不敢和老子较量。你的本领再好些，却比你师父是比不上，如何能在老子面前翻一个跟斗？我不信，你好个小伙子，竟是这么傻。"

苗星哈哈笑道："你看我小吗，你年纪比我大的是怎么样？你看我手里没有刀吗，你有刀的是怎么样？呵呵！大不过比我多吃几年饭，不要把大话说尽了。凭我舅父那么大的本领，不是怕你，是让你的。你开口老子长、老子短，小爷爷的年纪虽小，论起本领来，你还要做小爷爷的儿子。"

这几句话，把那灰衣人的胸脯都气破了，也懒得向他多说废话，便挥起单刀，猛向苗星杀将过来。却转将沈虎林和几个徒弟都吓得呆了，向前帮助他既不可，在那里袖手旁观又不能。

正在进退彷徨的时候，好奇怪，却见那灰衣人一刀扑将过来，倏然间却不见苗星是闪到哪里去。那灰衣人一刀扑了个空，忽觉虎口上有些生痛起来。

原来苗星早已闪到他的身后，比闪电还要快，转过来却用一个指头，趁他一刀要回杀过来的时候，在他那执刀的虎口上一点。苗星的身法、手法俱快到极处，所以猛然间，在星光之下，却令人看不见他的踪迹。

灰衣人觉得自己虎口上有些疼痛，又看不见苗星是站在什么地方，心里这才怕起来。再看手里那把单刀，仿佛是被苗星夺得去了。

苗星夺过他那把单刀，双足向上一腾，全身凌空，双手抡刀，要向灰衣人按头劈下。灰衣人也觉上面的刀风离顶梁不远，要直劈下来，不禁使一个羊角旋风式，借势闪开一边。哪知苗星已把刀缩回了，却笑嘻嘻地站在灰衣人面前，说："这不是我的刀吗？你怎说我手里没有刀呢？你有这么一把锋快的刀，杀我一个只手空拳的小子还杀不过，我的本领一半由我舅父传给我的，你该晓得我舅父是让你，并不是杀不过你。我劝你，空口说大话是没有用的，你配可怜人吗？小爷爷岂是你可怜的人？哎呀呀！你怎么流泪哭起来了？打败仗是什么大不了的事？老实告诉你吧，小爷爷这一点点本领，却是打败仗打出来的。看你也是个汉子，不要儿子大如老子的，快叫小爷爷一声师父，过来给我舅父赔个罪，小爷爷包你多打一回败仗，即多占一回便宜，哭是哭不出道理来的。"

那灰衣人正在极难过的时候，听了苗星这样口气的话，不由得又是好气又是好笑，举手用衣袖揩了揩泪眼，把着那黑漆也似的面孔一个转身，便跪倒在沈虎林面前，说："怪我自己痰迷了心窍，又想到你老人家面前翻本，这真叫作孙行者闹到如来佛座前来了。休论你老人家是让我的，不肯和这吃屎的东西计较，便是这位小师父，他要下我的毒手，随便怎样，总可以害我性命……"

那灰衣人方说到这里，沈虎林的徒弟有一个唤作马得胜的，见沈虎林要一把将那灰衣人扯住，便向沈虎林说道："师父仔细，不要受这东西哄骗。"

这时候还有几个没涵养的徒弟在那里拍手打掌，

喝起一阵彩来。

　　沈虎林却因苗星居然有这么大的本事，竟夺了灰衣人的一把单刀，但听苗星的口风，早知内中包含着许多跷蹊的事。及见灰衣人听从苗星这话，向自家面前一跪，便也不理马得胜的话，一面扶起了灰衣人，一面便喝止那几个没有涵养的徒弟，不用在这里鸟乱。转表示出一种极纯诚的神态，向那灰衣人笑道："我姓沈的本不是形同暗算的人，料想老兄是个好汉，绝没有对我有什么暗算的手段，这些东西，哪里知道老兄的本领现在已比我高。这是小甥以巧取胜，占老兄一点儿便宜，算不了什么，其实兄弟已在老兄跟前下面子了。老兄越是对兄弟客气，越使兄弟惭愧，越没有面子对不起人。"

　　那灰衣人本来是个硬汉，却因苗星那一手来得太稀罕了，料定苗星的能耐现在比自家高到几倍，但他却不相信沈虎林的本领还比苗星高，苗星说他舅父让人的话有些靠不住。有苗星这种人在沈虎林场子里，十年前的大仇难道就勾去了不成？事情糟到这般地步，还要做什么硬汉？也就顾不得许多，将计就计，扑地跪到沈虎林面前，趁沈虎林一把将他扶起的时候，冷不防下沈虎林的毒手。却因沈虎林竭诚相示，不理马得胜的话，又对那些没有涵养的东西重重训斥一番，灰衣人的一颗心又被他早弄得活了。恰听沈虎林把肺腑里的话掬示出来，便不禁竖起大拇指，向沈虎林笑道："在江湖上称得起仁义过天的，老师父要算这个；称得起义勇兼全的，那位小师父也要算这个。总怪我自己瞎了眼，不识得郓州城里两尊大佛，该要在这里下面子了。"

边说边又走到苗星面前，叩了一个头道："师父的本领真够，方才我受师父的一顿教训，又蒙老师父剖诚相示，简直叫我千里眼花豹快活得一个毛孔里要钻出一个快活来。"

说至此，又向沈虎林的几个徒弟笑道："我的本领不济，合该败在这位小师父手里。但凭众位那一阵鸟乱，惹得我光起火来，我怕老师父和我的性命都要死在这地方了。"

那几个徒弟听花豹言中有刺，都不禁暗暗叫了一声"惭愧"。

这里沈虎林、苗星舅甥二人便将花豹带到前厅坐定，沈虎林的几个徒弟都一齐在沈虎林的背后站定。

沈虎林道："难得花兄又到我这里，请喝杯水酒，我还有要紧话说。"

花豹心想：我虽胜不了他的外甥，但他已剖心相见，早说出不如我的话来，总算给我一点儿面子。我的气已出了，且看他还有什么要紧的话和我说。随即点头应允。

不一会儿，厨房已开上酒席，大鱼大肉摆满了一张台子。沈虎林只顾劝花豹吃酒，且不把那要紧的话问他。

花豹是个爽直的人，至此再也忍不住了，看沈虎林又命一个小童敬酒，便伸手按住酒壶说："我酒已喝够了，用不着再喝，并且不晓得老师父问我什么要紧的话，我心里不明白，酒越喝得多，越是纳闷。老师父是个度量宽宏的人，必不恼我。"

沈虎林道："你至此还不懂得我要问你的话吗？"

花豹道："我实在是不懂得，若懂得也不纳闷了。"

沈虎林道："你在十年前，不是和我没有深仇吗？"

花豹道："怎么不是？"

20

沈虎林道："你住在天津，我住在郓城，向来是桥管桥、路管路，我不知你在十年前到我这里要拆我什么场子。"

花豹听罢，面上不禁红了一阵，低头回道："我那时名为好胜，实在是胡闹，这其中却也有一段苦情。"

沈虎林又逼问道："你有什么苦情，不妨对我也剖心相见。"

花豹道："不说不说。"

沈虎林道："你不说出，我心里也觉闷得难过。"

花豹道："老师父既闷得难过，倒不妨说出来给老师父解闷。老师父可知江湖上有个花头太岁彭天球吗？"

沈虎林听得"彭天球"三字，面上便现出极惨淡的神气。

又听花豹向下说道："十年前我到老师父这边来，被老师父栽我个跟斗，我不是恨恨地说上了姓彭的当了吗？老师父哪里知道，这彭天球在我未到郓州的时候，他到我场子里看我耍刀，见四围看的人，因我的刀法耍得好看，在那里喝出一阵彩来。彭天球却说这阵彩喝得孩子气的一样响，又说我的刀法耍得没有味儿，全叫些孩子们在这里喝彩。

"我当时见他当面地嘲笑我，便要来和他较量。

"他从鼻孔里笑了一声道：'我说的一句玩话，怎么就惹得你头上的青筋都暴起来了？我的刀法实则比不上你，但我看你这刀法，未必就及得上郓城沈。'

"我问他：'郓城沈的刀法是好到怎么样？'

"他说：'郓城沈的刀法，我虽知道是好，究竟好到什么程度，我就说不出个所以然来。不过郓城沈的刀法盖过北方五省，人有多大的名儿，树有多大的影儿。像你这样刀法，只博得些孩子们在这里喝彩。'

"我听他这话，明知老师父在单刀上享着鼎鼎大名，但被那东西当场下了我的面子，好像不到郓城和老师父杀几手，拆去老师父这个场子，就实在坍不了这个台。谁知老师父是沈家祖传的金背刀法，那刀法分上九路、中九路、下九路，前后左右，共计是一百单八路，我怎么杀得过老师父呢？幸得老师父刀下留情，没有伤害我的性命。但我被老师父杀败了，心里虽明白是上了那厮的当，总觉在老师父面前栽了跟斗，惹江湖上人听了笑话，叫我太没有面子，不能见

22

人。就此回到天津，遣散了我的徒弟，终日间像似发了疯魔似的，在这把刀上苦苦练了十年，觉得老师父那一百单八路的解数，还可以勉强抵敌几下，特地又转向郓城。本想到日间和老师父再较量一次，实在耐不得了，便在夜间前来，满心想将老师父制服下来，以后再不敢和人动手……"

沈虎林听到这里，便止道："不用再说下去了，你可知彭天球现在是个什么人？"

花豹道："他到我场子里只是一次，我不知他现在做什么。"

沈虎林便也不再多说。

当夜散席以后，花豹欲拜苗星为师，想苗星传授他那一身的本领。

沈虎林在旁止道："你们有话明日说吧！"说毕，急令小童将花豹带到客房里安歇。

沈虎林也回到后房，将苗星唤得进来。苗星问："舅父有何见教？"

沈虎林即命苗星在床沿上坐定，未开言，早飘下几点英雄泪来。

欲知后事如何，且俟三回再写。

总评：

苗星技击得自由神传，发砚新试，便奇诡乃尔，此一段令人如看《封神传》，几疑为不经之谈。妙在下回彻底说明，上回已早有伏笔，夫子言之，我心戚戚。

花豹之着灰衣，装束雅不称其相貌，夜半寻仇，说来又突兀之至。此种文法，譬之弈棋，所布险着，一得应用，则险着皆成仙着矣。阅者勿疑著书人会出漏洞。

花豹一若和沈虎林结怨甚深，乃终能涣然冰释，结得使人不测。文笔极连犿奇诚之致。

花豹之着灰衣是一个闷葫芦，夜间如何会沈虎林是一个闷葫芦，沈虎林之问花豹又是一个闷葫芦，作者于此回不肯表明，阅者为之急杀。

第三回

沈虎林开场招怨毒
费伯熊恶计赚孤孀

话说沈虎林当将苗星唤到自己卧房里，命他在床沿上坐定，未开言，早不禁飘下几点英雄泪来。

苗星道："舅父哭的什么？"

沈虎林道："我不过是偶然洒一点儿眼泪罢了。如今且问你一句话，你曾对花豹说，你的本领是打败仗打出来的，这就奇怪极了。我不但没有见你打过败仗，并不曾见你和人打过仗，但看你的本领，不但比我高，还比花豹高，这是一个什么缘故？"

苗星听罢，便将夜间梦里的情形向沈虎林说了一遍，道："甥儿本会一些软功夫，又得梦中老者的指授，醒来就依着老者的话，练习了一番。不知怎么似的，觉得这身手比什么都快。"

沈虎林问："那老者曾吩咐你什么话？"

苗星道："我不敢说。"

沈虎林又问："那老者是什么相貌？"

苗星便把那老者的相貌形容给沈虎林听。

沈虎林听了，说道："星儿，你的造化是大得很，你晓得那老者是谁呢？他是我的祖父开山公。我祖父的软硬功夫完全得自仙传，将功夫带到土里去，便连你外祖也得不到他的衣钵真传。你在梦中得他老人家来指拨你，这也是你和他老人家缘法不浅，凡人是轻易遇不着的。果然你在梦中打了一个败仗，却打出了这么大的好处来。"

边说边从箱篓里取出一部家谱来，把家谱上所绘开山公的遗像翻出来给苗星看。

苗星看开山公的神采奕奕，和梦中的老者比较起来，丝毫没有走样儿，才恍悟开山公在梦中曾说自己不能算他徒弟的话：原来我舅父还是他的孙儿呢。

一会儿，沈虎林收过了家谱，苗星便向沈虎林问道："甥儿年纪小得很，不明白江湖上三教九流的道理。方才那个花豹却穿了那一身灰衣，这种装束，在甥儿眼里看来，很是不伦不类。灰衣是夜行衣，穿夜行衣的人，若不是前来暗刺，要穿这夜行衣做什么呢？"

沈虎林道："我在这房里猛然见他闪得前来，看他穿这衣装，几乎认不得他是十年前的花豹了，就有我几个徒弟也疑惑他穿这类灰色的夜行衣，是要对我有什么暗杀的手段。其实却是不然。他一见了我，便邀我到后院里去比刀，那种凶神恶煞的样子，不容我分辩。我才想到他穿这类衣装，人不知鬼不觉地到我房里来，是怕我有意躲让他，用不着同他计较。但我明知他既来寻仇，躲让是躲让不来的，便和他到后院厮杀起来。不是我祖父梦中指拨你那样好的功夫，得你前来助我一阵，凭着我这几个徒弟，有什么大用？我这性命，正滑在冻块上呢！"

苗星道："花豹和你老人家的冤仇就此已解决了，但你老人家和花豹在桌上吃酒的时候，听花豹说出一个彭天球来，脸上即现出极惨淡的神态，这是一个什么道理？"

沈虎林听了，又不禁心酸了一阵，眼泪点点滴滴滴在衣襟上，说："你方才是问我哭的什么，你可知我的性命是逃得过花豹的手，将来恐怕逃不过彭天球的手。花豹本和我向无仇怨，十年前到我这里来，我见他临行的时候说上了姓彭的当，十年后须到我场子里翻回本来。我听他这类腔调，明知他是受了彭天球的挑拨，要唤着他问一问，谁知他头也不回地溜出大门去了。古语说得好：'冤仇宜解不宜结。'花豹是个直肠子人，何况他当初找我，是他自己错，只要这回来占我一点儿面子，这冤仇就解决了。彭天球那厮，须比不得花豹，十二年前也到我这里来拆场子，被我杀他一个下马威。他在临行的时候，并没有对我说出十年后翻本的话，但他的为人，凶恶险毒，都到了极处。如今耳闻他已入了什么白莲教了，留着这东西不死，将来终成我的心腹大患。他仗着白莲教的妖术和我寻仇，不论我有多大的本领，是逃不了的。我死没有要紧，只是心里撇不下我的老娘……"

苗星道："白莲教在陕西，又不在我们山东，我们没有亲眼见得白莲教的法术怎样厉害。那东西便入了白莲教，也不见得他学得怎样厉害的法术，前来和你老人家寻仇。"

沈虎林道："我只愿他不来寻仇好了。不知是什么缘故，我想起十二年前的话，总有些心虚胆怯，好像在顷刻间便要死在那东西手里似的。这回我把你唤得前来，是要和你商量，把这场子收了吧，我们几个人随便到什么地方，都可以混到一碗饭吃，免得那东西前来和我为难。你的意思，以为怎样？"

苗星道："舅父既然要这么办，就这么办好了。我家有几亩薄产在阜宁大王庙地方，舅父和外祖母及我母亲且到那里住些时再说。"

就此，沈虎林又同苗星在那里商量一阵。第二天，花豹便来苗星房里，又要拜苗星为师。

苗星道："我那句话是和你开玩笑的，你不嫌弃我，我们就情愿做个朋友。"

花豹哪里肯依，但看苗星实在不愿自居师尊的地位，也只得罢了，便要同苗星来见沈虎林。

苗星道："舅父已在夜间四更时分，带领我外祖母及我母亲到别处去混些时，不吃开场饭了。"

花豹很是诧异，转疑惑沈虎林是因夜间的事，总算他没有面子，不肯再住郓城教徒弟。想到其间，心里却不禁有些懊悔起来，总算自己鲁莽，得罪了前辈的英雄，却也不便在苗星面前再问下去。

这时场里的徒弟就中有请苗星撑着局面，教他们几手花拳。苗星摇摇头不答应，他们也就风飘云散，不在话下。

花豹却请苗星到天津去，苗星倒很愿意随着花豹一路到天津来，住在花豹家里，夜间兀自在一间卧房里，苦练开山公吩咐的几种功夫，日间在外面游行，偶然遇有不平的事，都挺身干预。他在天津住的日子愈久，所见不平的事愈多了，经他挺身援助的人也很不少，交游自然日见其广，"白眉苗"三字，在天津道上也渐渐出风头。

后来同花豹两人离开天津，凭着他生就一副侠义的心肝，练得一身过人的本领，闯荡江湖。又得花豹这个副手，专行欺强扶弱，吃苦辞甘，把打不平这一件事当作是他自己的职责攸关，并且随时随地都改变装束，不肯轻易露出自己的本相来。

这晚，偶然行到江西瑞州地方，在一家客店里歇下。这客店里前后只有两三重房屋，苗星、花豹两人共住的是一进对面房间。花豹便摸出些钱来，吩咐茶房买了些酒菜，两人吃喝一会儿，便颠倒睡在一张床铺上。

其时约莫是三更时分，苗星因为想起家乡老母，不觉翻来覆去只是睡不着，听花豹鼻子里打着呼声，睡得同死人一样。偏生在这当儿，却从后面送出妇人啼哭的声音。

苗星侧耳细听，越听越觉得十分悲惨，像似死人号丧的一样。但是死人号丧，也该有一定的时候，总不该在这三更半夜打搅人的睡眠。沉吟了好半晌，总还疑惑哭一会儿便该休息了，叵耐那哭声简直没有停止。

苗星被她扰得不能安睡，不禁从床上直拗起来，抱着花豹的头摇了几摇。花豹被他摇得醒转过来，把眼睛揉了几揉，问是什么事。

苗星道：“你听见了吗？这阵哭声分明在后面一个人家，我不知是什么道理，听了这一阵阵哭声，心里就有些难过起来。”

花豹道：“你且在这里睡着，让我出去问一问。”

花豹一面说，一面便跳得下床，将房门开放。却好有一个茶房还不曾睡，忙向前询问他开门何事。

花豹道：“你们后面有什么人家死了人吗？”

那个茶房忙赔笑说："客官且请安睡，不要管人家的闲事。客官不知她的伤心，又不是单为着死了人呢。"

花豹听他的话隐隐约约像有别种委屈似的，兀自放心不下，不由赶着那茶房说道："不瞒你说，我们专喜欢管人家的闲事，你快将这女子哭的缘故说给我听。"

那个茶房又赔笑道："客官，我便把这委屈告给你，有啥子用处？我看她家这件事，有钱有势的人才可以管问，没有钱没有势，白问也是无用。"

花豹怒道："胡说，怎么有钱有势的人才配管问人家的事？老子没钱，就不配过问吗？你若不再把那人家的委屈说给我听，我有本领，把你的牛黄狗宝掏出来。"说着，就扬手要向那茶房打来。

吓得那茶房倒退几步，笑说道："既是客官好管问闲事，我们当茶房的却不敢把这话说给你听，还是客官自己去问一问那小姑娘吧！"

花豹心想：他这话说得不错。回房看苗星已不知到哪里去了，窗门大开放，知道苗星是从窗间穿出去的，便慢慢藏了单刀，关好窗门，吩咐茶房且把房门锁了，走出客店，一路兜到后面人家去。

看这人家的房屋不甚高大，一纵身，已跳上屋脊。听那哭声似在对面房里送出来的，便风飘黄叶般地下了平地。心里总疑惑苗星已到这里来了，却又没有见到苗星的白眉毛、黑眼睛，便走近窗前。见那纸窗里闪出灯光来，且不去惊动窗里的女子，用舌尖舐破窗纸，果见一张梳妆台上有一个十六七的小姑娘，两手支颐，在那里哭得声声肠断。旁边有一个五十来岁的妇人，两眼泡泪，像似劝着那小姑娘不要啼哭的样子。

花豹看到这里，便暗暗叹了一声道："好一个花朵似的人儿，竟哭坏到这个样子。"不肯从窗外钻进去，怕钻破了纸窗，一阵风吹过来，要吹灭窗内荧荧的灯火。转身跳得上屋，悄悄揭开瓦屋。

那妇人正在劝着小姑娘，忽听得屋上咔嚓作响，一眨眼，便见一个黑脸汉子从屋上蹿得下来。那妇人看花豹这么奇奇怪怪的样子，不由吓得向地上一跪，口里只嚷着："爷爷饶命！"

那小姑娘也不禁索索地抖。

花豹笑了一笑，说道："你们疑惑我到这里做强盗吗？做强盗也不到你这地方来。你可知道我是喜欢多管闲事的，因为听见你家姑娘哭得这般沉痛，心里当有不可告人的委屈，不妨明白告诉了我，我来替你们想想法子，哪怕就拼着一身剐，也要把皇帝老子拉下马来。"

那妇人听花豹说这样的话，仔细将他望了望，那颗心才稳得住了，不禁流下泪来，向那小姑娘扯了扯，说："珍儿，你不用害羞，且上前来见一见这位爷爷，好让娘告给这位爷爷的缘故。"

小姑娘听完这句话，果真不慌不忙地向花豹福了福，哽哽咽咽地站在一边。

那妇人揩拭着眼泪说道："我们原是湖北人，逃荒到江西来。先夫戴敏文，是个秀才，就流落在这柳家堡上，租下一所房子，训蒙糊口。不料日前先夫得了一病，径自亡故了。不瞒爷说，我们寒舍人家，寅年多是吃了卯年的粮，遭了这场丧事，一无所有，母女二人都急得要死。眼看死人挺在床上，不能收殓，衣裳棺木，样样总费踟蹰。不料离我们堡上三里地方，地名叫作白蛇村，有一位当地保的费伯熊，他看见我们这样可怜，叫人来通知我，情愿自己拿出钱来给我家办理丧事。"

花豹听到这里，不禁跳起来，拍着大腿说道："哎呀！有这样的人来周济你们，还在这里哭个不休，又为什么？"

那妇人又继续说道："爷爷休要说他是个好人，谁知那东西的心肠比生姜还辣。"

花豹摇头道："他肯拿出钱来给你家料理丧事，怎么又说他的心肠比蛇蝎还毒？这个我可不信。"

那妇人又指着珍儿说道："叵耐那费地保久经看中我这珍儿，苦于没法可想。不料先夫死了，他便拿出百两银子来，交给我使用。我不受他这银子便罢，一受了他这银子，我们的大祸就临头了。"

毕竟那妇人又说出什么话来，欲知后事如何，且俟四回再写。

总评：

　　沈虎林避免彭天球一节，忽又收过不提。此种伏笔，得史汉神髓，如安地雷火线，有一发即爆之势。欲极力写出白眉侠之侠义历史，却先写一花豹。非写花豹，正以

35

写白眉侠也，真如项庄舞剑，意在沛公，非阅至后文，不能知也。

白眉侠之到天津，所做侠义事迹，竟略而不详，忽又由天津回到江西，并不多着笔墨。而白眉侠立身处世三行藏，经一回事故，即增一回经验，不屑以真面目夸示于人，即此可以推想。

第四回

诈中诈恶人招恶手
奇又奇名侠救名姝

话说花豹又听那妇人向下说道:"那东西见我家丧事也办完了,银子也用光了,又叫出人来向我说,说是有银子就还他银子,没有银子就得写一百两欠据给他,随便到什么时期,仍旧还给他一百两银子。其时我左思右想,难得人家借给我银子,分文利息不要,却没有赖债不还的道理,就由他请出人来,写了一张欠据,请我在那欠据上押了一个字。

"谁知那欠据却是假的,分明是一张卖女儿的卖身字。他见我在卖身字上画了押,便老实不客气地说我这珍儿已卖给他家,那一百两银子便作为身价,硬逼我女儿嫁给他做妾。我明知是受了那东西的欺骗，但用了人家一百两银子，卖身字已到了人家手里，禁不起他到我家里来胡闹一阵，便同我女儿商议，不如就委屈顺从了他吧。

"无如我这珍儿，正如一朵初开的花，她的志愿极大，对于嫁人这一件事，就是嫁给人家做结发夫妻，也得由她将来自己选中了人物，没有秀才的女儿肯嫁给地保的道理。何况那东西的年纪比我女儿大两倍，一嘴的红胡子要怕死人，阴险毒辣都到了极顶，更加是嫁去做妾，一旦间母女便会分离拆散开来，她怎么肯愿意呢？越哭就越觉伤心，闹得左邻右舍不能安眠。

"谁知白蛇村上有一个白肇凤，他是一位翰林人家的官少爷，他到我家里来，现出拔刀相助的样子，曾对我母女二人说：'费伯熊那个囚攘，大不了是个当地保的，竟威风使尽了，硬来欺逼人家的孤儿寡妇。卖身字虽被他骗去了，但你在卖身字上画了押，又没有打下手模指印，我来给你家还去他一百两银子，不怕他有三个头、六个角，管许他扁扁伏伏的，仍把这卖身字还给你家。我自己便绝嗣，也不想谋占

你女儿做妾，这一百两银子，便算戴先生的奠仪吧！'

"我听他这样斩斩截截的话，心想难得白大少出头给我家帮忙，料知他是翰林公的公子，没有吃不住一个当地保的，便向他谢了两句。谁知这白大少并不是我家的救命主，却变作我女儿的对头星了。他打听得费地保诱骗了我家的卖身字，就要出首费地保一个欺逼孤寡的罪。费地保见白大少翻过脸来，吓得把那卖身字交给了他，并送白大少二百两银子，哀求白大少容他在白蛇村上吃一碗老米饭。

"白大少如果一面收了他的银子，一面给我家打了这个不平，他还算得是个好人。他把费地保的竹杠子也敲到手了，卖身字也还给我放在烛前烧了，并且在我面前夸赞我女儿的人品如何好，性格如何贞烈，很愿和我女儿拜个把兄妹。我母女实在拗不过他的情面，何况他父亲在北京城里是一个红官儿，乐得和他亲近，省得我们异乡的孤儿寡妇再在这里受人家欺逼了，也就一口答应下去。

"做梦想不到他的心肠比蛇蝎还毒，他和我这珍儿结拜以后，不常到我家里来，来时也在白日间前来，坐一会儿便去了。我家的用度，都由他暗中贴补。

"他曾对我说：'我和珍妹妹虽称兄妹，亦当远避嫌疑。'

"我听了他的话，自是满心欢喜。

"这一天，他在傍晚的时候，笑容满面地到我家里，入门便向我女儿说一声：'珍妹大喜呀！'

"我听他这话很是不懂，他说已由自己做主，将珍妹妹嫁给府太爷了。

"我当时问他这是什么话。

"他说：'珍妹妹嫁府太爷，不比嫁一个当地保的好吗？老实给你们母女说穿了吧，我不是干碍我那个恶面孔的阎王老婆，这碗天鹅肉，也不送给府太爷吃了。府太爷的性格，最是喜欢女孩儿的，像珍妹妹这一个人，嫁到府太爷那边去，休说做姨太太，便是做丫鬟、做大姐，这种福也足够珍妹妹享受的了。'

"我听他这话，明知我们瑞州的来知府是个骚鞑子，年纪已有八十多岁，脚骭骨不久要翻出来打鼓了。不想这东西太可恶了，却将我女儿这朵木兰花要插入那牛屎堆里去。原来他平时待我们母女的好处全是假的。

"我心里虽然恨他恨到极处，表面上绝不敢得罪他。

"却看珍儿早不禁流下两行泪来，她也顾不得什么羞耻了，竟扯着那东西的衣袖哭道：'我要……'

"白大少问：'要什么？府太爷那里是有的。'

"珍儿便向他呸了一口道：'谁要他骚鞑子什么东西？我要拿一把小刀，剜出你的黑心肝来看一看。'说着，不禁把手一松，昏倒在地，像有些要晕厥的光景。

"我一面哭，一面去扯珍儿，将她唤醒过来。

"那东西却笑了一声道：'妹妹不必气苦，事已如此，哭也无益。'

"珍儿又哭骂道：'我又不曾用了来知府的银子，又没有写卖身字给他。便是你这天杀的，有什么手段能逼我嫁给人家呢？'

"那东西听了，便从鼻孔里哼了一声道：'好个不识抬举的毛丫头，你自己也该扪着心头想想，大少爷是何等的人物，肯和你这异乡的女子拜个兄妹吗？'银子是我用了，卖身字是我给了府太爷了，你若不听信大少爷的话，看我有这本领，叫你认得。'一面说，一面便扬长着走了。

"今天便有先夫一个朋友，叫作徐少彬，跑到我这里来。先夫在世的时候，很和这姓徐的要好，他们都算是诗文朋友。先夫咽气以后，这姓徐的和先夫的交情真是人在人情在，人死两撒开了。这天却来得很早，原来他是给白大少做说客的。

"他曾对我说：'白少爷交给你家的卖身字，你不是让着白少爷放在灯前烧了吗？那一纸卖身字也是假的。你写给费地保那卖身字，原是名下契的名目，谁有了这纸卖身字，珍姑娘就得嫁谁做妾。白少爷却把那真卖身字收留下来，另誊给一纸假卖身字，遂给你随便放在灯前烧了。白少爷的意思，满心想娶珍姑娘，一则惧怕那房里一只雌老虎，再则珍姑娘对他没有丝毫的意思，也就死了这条心。他们做少爷的，本和府太爷互通一气，见珍姑娘对他老是板下了一副卷帘式的面孔，便和府太爷串通起来，将这卖身字送给府太爷。府太爷却又送他一千两银子。你以为那卖身字上没有你的指印，府太爷便不能强迫珍姑娘做妾吗？其实写卖身字用指印，是永远绝卖人家，不准往来。府太爷却很愿和你家往来热闹，这卖身字上只需押个字，却用不着你打下指印了。无论白少爷已用了府太爷一千两，那卖身字又落到府太爷手里，果然府太爷转上了你家珍姑娘的念头，还怕他没有手段，硬逼珍姑娘去做妾吗？我因为同你丈夫是至好的朋友，所以看在死人的情分上面，特来劝你一番。不如就顺从了他们，免得他们再用什么毒辣的手段来对付你，吃不了还要兜着走呢！'

"我听了他的话，没有回答。珍儿却从房里走出来，指着这姓徐的骂道：'你这人面兽心的老东西，你巴结白肇凤的欢心，却来哄骗我们孤儿寡妇。我父亲死去连棺材都没有，你吓得不敢到我门上来，那时候你是死到哪里去了？'

"这姓徐的被珍儿辱骂了一顿，头也不回地出门去了。

"到了晚间的时候，府里曾派来两个爷们前来，说：'府太爷那边已择定了喜期，便在明日。媒人是白少爷白肇凤，明天一早，就有娘姨过来，给姨太太梳妆。'

"我母女听他这话，真如晴天打了一声霹雳。等待那两个爷们走了以后，珍儿便向我泪眼婆娑地哭道：'我母女是异乡人，无钱无势，被人家拿银钱来引诱我，拿势力来压迫我，眼看我的死期要到眼前了。我死以后，只撇不开我的老娘。'

"我母女搂抱着痛哭了一会儿，我不愿将我这一块肉嫁给那八十多岁老头子做妾。然事情已到这一步了，还有甚方法能避免这个不愿意呢？唯有忍气吞声地劝说珍儿不用再啼哭了。谁知越劝越哭得凶，越说越哭得苦，直哭到这时候，还没有住口，不幸惊动了爷。爷是个好打不平的人，料想不来责备我们，能救助我们母女一命，我情愿来世变犬变马，好补报爷的恩典吧！"

这一篇话不打紧，早气得花豹须发怒张，半晌开口不得，只顾翻着两个闪闪骨碌碌眼睛珠儿，死盯在她们母女两人身上。好半会儿工夫，才向那妇人说道："凡事我总给你们一个办法，哭也无益，说也无益，你们耳听好消息便了。"

一面说，一面便拨开房门，出入天井里面，仍然跳上屋脊，鸡犬不惊，便从后檐兀自跳落到地，看天上半轮残月照得非常明亮。他本由白蛇村到柳家堡来，也不管好歹，竟向大路上奔驰而去。猛不防滑了一跤，再看地上躺着一个死尸，月光下向那死尸仔细一望，见他顶梁上打了一个窟窿，身边放着一把单刀。花豹看了一会儿，仍绷着一口气，又往前跑。

忽见斜刺里飞来一人，却同花豹撞个满怀。花豹的眼光最是锋快，一看到那人的白眉毛、黑眼睛，便将那人拦腰抱住问道："苗爷，你这是打哪里来的？"

苗星且不答他，转问他到哪里去。两人都不禁仰着头笑了一笑。

苗星道："我这里有二十两蒜条金，可换一千两银子，你可拿去送给戴家母女，并说此处不是善地，她们母女没了汉子，也支持不住。她们既是湖北人，何妨回乡里去，日久住在此地，还怕要别生枝节。她们妇女家是个没脚蟹，若再着了人家的道儿，我们又不能常住在此地，那时怕再没有人来搭救她们了。你去赶紧叫她们连夜收拾收拾，请你暗地保护她们连夜回湖北去，迟了要误事的。后会有期，请就此告别一下吧！"

花豹再欲问话，却见苗星在他面前闪了一闪，转眼之间，已不知去向。

花豹藏了蒜条金，转到戴珍姐家，依着苗星的

45

话，向她们母女说了一遍。戴家母女本不敢收下这蒜条金，心虚胆怯，怕又着了花豹的道儿。花豹却对她们母女赌咒发誓说，自己若安着什么坏心眼儿，便当天诛地灭，不得好死。戴家母女也就听信花豹的话，连夜随同花豹回向湖北而去。

作书的这支笔，自然要兜到苗星身上。原来苗星这夜在客店里，当花豹开门问茶房的时候，苗星哪里肯睡，悄悄开了窗门，将衣衫束了一束，一个猛虎穿林式，便悄没声息地穿出窗外，两脚还没有落地，跟后换一个鹞子蹿空式，上了屋脊，飞檐走壁，眨眼间已由屋上跳得下来。

刚跑到戴家的门首，看见有一个人影儿在东边闪着，早蹿得几步，低声喝问道："那里是什么朋友？请出来会一会……"

这话未曾说完，果见那里闪出一个人来，慌慌张张地向大路上一口气跑去，似乎看见那人手里还握着一把大刀。

苗星不由愣了一愣，暗暗叫了一声奇怪，心想：夜静更深，这东西前来是干什么事的？忽然把眼睛翻了一翻，又想他夜间到来，想必与这人家的委屈很有关系，我与其在三更半夜去问一问人家的小姑娘，不若追上去，且向这东西问个明白。想着，便飞一般地向大路上追去。

看看追到，忽然那人转过身来，一刀向苗星搂头砍下。苗星暗暗一笑，哪把他看在眼里，早闪过一边，已从腰间如意囊中摸出一颗石子来。那人方欲拨着大刀，再向苗星搠来，仿佛左腿上中了一下子，便不禁一跤跌倒下来，那把刀也扑地搁在一边，苗星转身一个摆膝，早跪在那人的肚皮上，说："别要嚷，嚷便吃我一刀！"

毕竟那人是谁，三更半夜要到戴家干什么的？

欲知后事如何，且俟五回再说。

总评：

世间英雄义侠，无一非热血健儿，此回写苗星、花豹之个性，虽各有不同，文势各有不同，而两人血热心肝已活跃纸上。

前回先将费伯熊极力一扬，反跌出下文局势。此回又将白肇凤极力一扬，反振出下文局势。文情特犯而不觉其犯，遂使格外精

47

彩，亦由作者手腕之灵活耳，文章之妙，全在此等地方。写花豹便活是一个花豹，写苗星便活似一个苗星，写戴姓女便活是一个戴姓女，写白肇凤便活似一个白肇凤，以及写来知府、写徐少彬、写戴母、写爷们、写费伯熊，无一不刻骨入神，恰如其分。

第五回

柳家堡凶奴吐真情
白蛇村英雄除恶少

原来那人正是费伯熊，这费伯熊握着一把大刀，三更半夜，兀自到柳家堡来干什么的？作书人要在这里交代明白。

费伯熊当初欲谋占戴女做妾，用去了一百两，骗了戴家的一纸卖身字，以为这件事是十拿九稳的了。却不料戴女还没有骗诱到手，转被白大少大虫吃小虫似的，一竹杠又敲去了二百两，只落得人财两空，叫他如何咽得下这口鸟气？满心想趁白大少不备，给他个白刀子进，红刀子出。无如白大少的来头太大，自家在白蛇村上充当地保，妻儿子女都在那里，万一冒昧做下这红刀子案，远走高飞，无论妻小，都受牵连。并且他充当地保，每月进款，也着实敷衍得去，万一离了此地，外间弄钱的法儿不见得比这里容易，还恐怕官里追捕到案，又不是弄巧成拙。他纵然衔恨着白大少，左思右想，却想不出一个妙法伤害白大少。

后来他一打听，白大少的少奶奶不但不许白大少谋娶戴女做妾，反禁止白大少的行动，轻易不放他到柳家堡来。

白大少平生的嗜好，酒、色、财、气只沾染一半，他既娶不到戴女做妾，却又要在戴女身上发一注大财。他将戴女让给别人倒也罢了，偏生他又将戴女送给来知府来保。

这来知府是个旗人，专喜欢的是女孩儿家，他的年纪虽是八十多岁的人了，哪一夜没有女孩儿陪他同睡，哪一夜便睡不着。将来戴女嫁到来知府那边去，如果我曾周济戴女一百两银子，没有骗诱一纸卖身字，那要戴女在枕边说一句，那费地保还懂得人事，知道照应她，自己便不由地得来知府的提携，抖起来了。如今事情已糟到这般地步，若还戴女在来知府枕边，要追原祸首，报复前日的仇怨，休论我这小地保差事完结，便连我这吃饭的家伙也保不住了。

费伯熊想到这里，又不禁有些心虚胆战起来，耳听得戴女的喜期快要到了。戴女的喜期已在眼前，好像他的死期便迫在眉睫，不禁从无穷惧怕之中，却设想一条恶计出来。他想：来知府虽和白大少是联络一气，但白少爷把这卖身字送给来知府，换得来知府一千两的酬仪，戴女还未娶到手，便谢白大少一千两。在来知府，这一千两是不容易脱手的，白大少却容容易易地取了这一千两，看白大少和来知府平日的交情，未尝不是那白花花的银子在暗中说合。白大少给来知府将事情办妥当了，老实没有话说，如果事情办不好，他们满洲人反面无情，吃得住白大少，白大少把这一千两送还了他便罢，不退还了他，来知府有这手段，平地生风，能打白大少一个翻天印，却顾不得平日间的交情了。

来知府和白大少的交情，到了这一关，已着落在戴女身上了。我不要三心二意的，如今第一种好办法，先去把戴家母女杀了。前日白大少到我家敲着竹杠的时候，无意间却抛下了一把白纸扇子，这扇子上面也写着"肇凤世兄"的台款。白大少却不觉得这扇子落在我家，我何不藏着这把扇子，到戴女房中，把她们母女一股拢儿都给个当面开拆？将这扇子就放在戴女的床上，轻轻地把杀人的罪名脱卸到白大少身上去，不怕白大少仗着背后有他父亲那一把泰山椅子。来知府却有这手段翻过面皮，给戴家母女申冤，转要办白大少一个因奸格杀的罪，任凭他有千百张嘴，要分辩也分辩不来了。我依然逍遥法外，安稳做我白蛇村的地保。似这种办法，白大少的仇也报了，戴家的母女也杀了，我的气也出了，不怕再有戴女这个人在来知府的枕边说我的坏话了，不错不错。

主意拿定，不禁威风抖展，两只膀子只顾摇动起来，好像戴家母女顷刻间便要死在他手里似的。好容易挨到夜间人定更深的时候，悄悄怀着白肇凤那把白纸扇子，藏了大刀，直奔柳家堡来。一路上悄没有一人知觉，溜到戴家的东墙边，便抽出大刀。听戴女在那房里啼哭，分明正中心怀，待想翻过墙头，好实行他胸中的唯一妙计。

却想不到有一个人闪也似的跑得前来，似乎自己的行藏已被他看破了，一颗心不由吓得跳出口来。事急没了主意，一直向大路上逃跑而去。背后听得那人已追到跟后了，却不打算那人便是江湖上的白眉侠苗星。也就是回头向苗星一刀砍来，却被苗星闪过他的刀锋，在他左腿上打了一石子，把他打得栽倒在地，一个摆膝，早跪在他的肚皮上。

这些情节，上回书中已经交代明白。

且说苗星当向费伯熊低喝道："别要嚷，嚷便吃我一刀！你怎的前来，要杀人家的小姑娘？快快从实说来！你有半句含糊，我把你带到小姑娘那边，三面对审，包管你要死在老子手里。"

费伯熊在先是不肯招承，无如自己的心事大略已被他拆穿了，又怕他带到小姑娘那里，三面对审，终须也不能隐瞒，只得支吾其词地说了一阵。

苗星早知他言中有诈，佯说道："你这派话，便是哄骗三岁小孩儿，也哄骗不去，你们所做的事，哪一件瞒得老子？你快快照情实说出来，说得对，老子便免你一刀；说得不对，老子在你们这件事上，探访多日，你能隐瞒一字吗？看老子性起……"

费伯熊只吓得索索地抖，虽在五月天气，也不禁出了一身冷汗。看苗星这样气概，比《七侠五义》小说书上一班侠客还可怕，料想这事是不能瞒他，说错了也是一个死路，并且路上悄没有行人解救，便向苗星央告道："是小人错了，小人罪该万死，说出来总望爷爷赦免一刀，好给小人日后做些善事，补报今日犯下这滔天的大罪。"

苗星道："只要你说的话和我所探访的事迹一丝没有走板，我就赦免你一刀。大丈夫一言既出，有何反悔？"

费伯熊听罢，便将如何骗诱戴家的卖身字，如何想谋占戴女做妾，如何被白肇凤白大少敲了一竹杠，将卖身字恐吓过去，如何白大少把卖身字送给来知府，得了一千两，来知府如何准备在明日挂灯结彩，迎娶戴女，自家是如何的设想，准备前来宰杀戴家母女，一五一十向苗星说了。

苗星听了，暗暗点头，果在他怀里搜出一把白纸扇子，仍将那扇子放他怀里，便问他："白大少在白蛇村哪里？我给你去出这口气怎样？"

费伯熊便把白大少的住址告给他，并说："爷爷能赦免小人一刀，容着小人后来做些善事，就感恩不尽，何敢劳动爷爷给小人出气？"

苗星笑道："我赦免你一刀好了。"边说边将那只手插进衣底，从费伯熊身上拗起来。

费伯熊正想起身，给苗星谢过不杀之恩，无如那只腿太不中用，只拗不起来。冷不防一颗无情石弹穿到他的顶额上，一打就是个漏洞。费伯熊哎呀一声还没落音，早已呜呼哀哉，伏惟尚飨了。

这时候，苗星猜着花豹已到戴家去了，却兀自放心不下，便又兜转到戴家的屋上，果见花豹站在窗内，听着戴家母女说话，且不去惊动他。看她戴家母女那般孤苦可怜的样子，心里又转生了一个计较，仍然鸦雀无声跳下平地，径向白蛇村跑去。

原来白大少这里开的是一所木行，由几个伙计管理，他家是个新发户，父母都在任上，只白大少同他的少奶奶，就住在这木行里，倒也十分舒适。

那时苗星跑到白蛇村上，便站下来四面瞧看，便见有一所房屋，四围编着篱笆，有许多长的短的木头排列着。门前一对大旗杆，有三丈多高。苗星早使用运气飞腾的功夫，一个翻身，已落在左边一个旗杆头上。月光之下，看见篱笆里面好些粗大汉子，贪着风凉，就在芦席上睡着，你靠着我的头，他枕着你的大腿，睡得像死猪一般。苗星也懒看他们，更不怠慢，使一个饿虎扑羊式，跳下平地后，蹿上屋，便又穿檐越角地行到内室上面。

这时候，忽听得底下有人说话，再一细听，又听不见了，便在屋上拾了一片碎瓦，向地下一掷，悄没有什么动静。然后使一个珠帘倒卷式，双手钩住檐角，探下半边身子，伸头瞧着。只见窗槅里没有灯光，有两扇窗门不曾关闭，想是睡觉贪着风凉，敞开这两扇窗门，却放着外边月亮，斜照在床顶上面，返照那满天飞的床下，放着男女两双跋鞋。房里的陈设，仔细看来，也活像一个神仙洞，只是床上的人被外面一顶粉红湖绉帐子遮掩着，仿佛听得床上少妇的声音，从喉咙里哼哼唧唧，像是用手推着她男人大腿的样子。

接连便听那男人模模糊糊着骂道："死娼妇，好生睡觉吧，怪热的天气，你又要干什么呢？"

那少妇笑道："你这是想干什么来？我方才仿佛听得地上有些瓦响，敢是有贼进来？你前天从府衙里拿回一千两，是藏在哪里的，可藏好了没有？"

那个男子也喃喃地回道："银子便是你的狗命，

56

你硬生叫我断子绝嗣，换那一千两。这一千两不经你小娼妇的手，睡觉也不得安稳。不是放在东边一个小箱子里……"说到此处，恰又听得一种织机也似的声浪。

苗星心里一想，这东西果是什么白大少黑大少了，他死到临头，还要寻些快乐。这一千两由他自己说出来，老子顺便带回去也有用处。想到其间，便探身而进，早跑前一步，掀开锦帐，果不其然，那个白大少正搂着他的少奶奶，在那里盘肠大战。仿佛觉得有人把帐门一掀，白大少便停止风流阵的战斗力，抬头问："是谁……""谁"字尚含糊没有说清，早觉得咽喉上着了什么暗器，赤裸裸地死在那里。

论苗星，本不要伤害那少妇的，却怕她大惊小怪，要费许多的手脚，说时迟，那时快，早从身边取出一把小攮子来，不待她开口叫喊，猛地一刀向她胸膛间捅下，打前心入，从后心出。他们这一对儿有情夫妇，可算得生同罗帐死同衾，肉体上的关系，生死都不会分拆开来。

苗星却不慌不忙，就帐门上揩去刀上的血迹，仍插放身边。从反射的月光里，早见靠床东边一叠皮箱，上面放着一个小皮箱。把那小箱子捧放下来，觉得不甚沉重，在月光下打开一看，里面有一个纸包，试一试分量，约有二十两光景，心里便诧异不小。再放开纸包一看，黄灿灿的是蒜条金，不是银饼，才恍悟这二十两蒜条金，照时价五十换，计算是价值库银一千两。便将那金子放在身边。

出了白家木行，人不知鬼不觉，如飞地向柳家堡跑来。却在那里碰见了花豹，早料及花豹也到白蛇村去找白大少了账的，便趁势将这二十两蒜条金交给花豹，转交戴家母女使用，并请花豹连夜将她们母女护送回湖北去。

这里苗星早知瑞州离白蛇村约有十来里路，兀自连夜赶到瑞州，好去寻那来知府揭算总账。我且按他不表。

再说瑞州来知府来保，本来胸无点墨，因他是个旗人，老运亨通。有两个儿子，在京里做了官，他也想到京外去做个官玩玩，就由他儿子在部里买了一个人情，指分他到江西候补，由萍乡知县，一升升作瑞州知府，做了一任府官。不想回北京去，其中却另有一个缘故，却非本回笔墨范围所及。不过他们一班脑满肠肥的骚鞑子，饱暖生淫欲，虽有了那一大把的年纪，也喜欢一个"嫖"字，倚仗着钱多势大，图遂自己的淫欲，不知破了人家多少含花闺女的贞节。如今由白肇凤这条线索给他弄一个花朵似的人儿，换一换新鲜，便快活得什么似的。但据白肇凤的口腔，说这人的性格古怪得很，喜期愈快愈妙，并择定明日五月十一日的喜期。

这夜兀自睡在上房里面，刚合上眼，却见一个风流娇小的美人儿，向着他憨憨地笑。梦里疑是戴女前来迎合他的，不禁将戴女一把搂住，说："好心肝，你来了吗?"

这时候，蓦地听得有人低喝道："入娘贼，老子来了……"

欲知后事如何，且俟六回再写。

总评：

费伯熊非欲杀戴家母女而甘心焉，实欲借此以暗害白大少，且畏戴女将有以仇害也，小人之心怀叵测，固无足怪。作者无幽不烛，如见其肺肝然，正不肯丝毫放轻一笔。

　　徐少彬于此回中略而不谈，阅者固疑上文出一徐少彬，为废笔矣，不知此特作者立法之奇、构思之巧，留一徐少彬，所以逗起下文之局势耳。

　　白蛇村一节，最富有侦探意味，文情亦丝丝入扣。

第六回

盗印章威胁来知府
试拳法急杀史神童

　　话说来知府正搂着那个香温玉软的美人儿，口内喃喃地说道："好心肝，你来了吗？"

　　这时候，蓦地听得有人低声喝道："入娘贼，老子来了！"

　　这一句不打紧，直把那来知府从梦魂中惊醒过来，便从灯光下看见那人，穿着一身的短装，红红的脸色，白白的眉毛，好像那左眉心间有一粒朱砂红痣，手里握着一把七寸长的风飕飕光灼灼的解手刀。看他那般凛若天神的样子，不由吓得冷汗交流，便抖着问道："你……你……你来干什么的？有话但说出不……不……不妨……"

又听那人喝道："你这老不死入娘的贼，老子只问你，你到瑞州来是干什么的？你是吃了八十多年的饭，没有吃了八十多年的屎，做官是管百姓的，不是叫你来欺负百姓的。老子只问你，那个戴姓女儿，年纪要比你小得五倍，你怎的同什么白大少串通局诈，想谋逼人家做妾？依老子性起，便得割下你这颗蛇头，当作尿壶使用。但是你如懂得人事，不要倚官仗势地，再去谋逼没有钱没有势的孤儿寡妇，好好修些来生的福，老子便和你万事全休。如果执迷不悟，老子今天不来，还有明天，除了明天，还有后天。那白大少的结果收场，便是你这老不死入娘贼的现成榜样。"

一面说，一面便从桌上取来一颗方方的东西，说："呔！你瞧瞧，这是什么……"

那来知府只吓得缩头不迭，再凝神一看，已不见他到哪里去了。自家忙定一定心神，便又提高嗓音，叫一声："捉刺客，捉刺客！"

外面爷们听得"捉刺客"三字，哪里还敢怠慢，没命地向上房里便跑。却不防上房的门限太高，将脚一绊，一个狗吃屎，跌得额角上碰起个老大疙瘩，直着喉咙怪叫。

那人刚蹿到屋上，见这形状，笑得哈天扑地，且不忙着走开，转朗朗地说道："入娘的贼，鸟乱些什么？明天老子前来，便当取这老不死入娘贼的狗命。这官印老子暂时取去，你听明白了，老子一生不做暗事，白蛇村柳家堡的命案都是老子做的。你若访问老子是谁，老子姓苗，叫白眉侠苗星便是。"说完这话，飞身向前行去，眨眼之间，已不知去向。

再说府衙里闹下这件大事，里里外外的人全都惊醒。来知府那时已走下床来，不由越想越怕，深怕这脑袋已被割得去了，看见自家的白胡子拖到胸口，方才恍然大悟，知道这脑袋还不曾损坏，心里又是一喜。但听那人自己报出姓名，是白眉侠苗星，又听他的口腔，似乎官印也被他盗去了，又说在白蛇村柳家堡上做了命案，大约那白大少真个被他杀死。地方上出了几件命案，未必便受上峰的处分，不过这官印是万万丢不得的。便令人到衙内查看，哪里还有个官印呢？

来知府不由暗暗想道：这是从哪里说起？揣度那

苗星此番前来，便全为戴姓女的事，我也知道，谋逼人家的良女做妾，不是我八十多岁的父母官能干出来的混账事。不过我的脾气，看见人家的好女子，就同看花的一般，听说人家那里有个好女子，就同采花一般地只觉那花枝娇艳可爱，就顾不得揉碎花房，做下许多风流的案件。我在瑞州不肯回家乡去，却也撇不下城里的几朵闲花，一般也叫人可怜可爱。又误听了姓白的小子言语，硬想谋逼人家的含花幼女，照这样看起来，我是八十多岁的人了，竟死在花下做个风流鬼吗？如今第一件要紧的事，必须赶快要把那官印弄得回来，他已取了我这官印，断不致再把官印仍送到衙里。他是个杀人不眨眼的魔君，此番饶了我的性命，却把我这官印带去干什么的？来知府想到这里，倒没了主意。

　　一时府里的师爷前来慰问。这师爷姓伍，原是天津人，新到瑞州来，听来知府说出个白眉侠苗星来，便吃惊不小，转向来知府说道："大人知道这苗星的声望，在我们天津，一班做官的人没有一个不惧他，一班穷苦的小百姓们没有一个不感激他。他的本领大得骇人，学生久经知道他的大名，又觉得他这一番到瑞州来，殊属出人意外。别人在瑞州作案，前来盗印威胁大人，这案也须有破获的一日，唯有这个混世魔王，却是再惹他不得。依学生的愚见，只不要娶戴姓那个女子，依照那苗星的话，在地方上修些功德，不但大人的性命可以安然无事，这官印他带去也无用，自然前来交还大人。至于苗星所犯的命案，既由他亲口诉说出来，却不妨虚张声势地要捕获凶手破案，日久捕不到凶手，凭大人的威力，也可将这案游移下去，照例成了一件拖案。"

来知府听完伍师爷这话，点一点头，两人就此又谈论一会儿，便各自安歇。

到了五更时候，听得衙前有击鼓的声音。来知府便起身升坐二堂，却看公案上放着一颗大印。来知府一喜非同小可，将那大印一看，却是瑞州城隍一颗大印，再传上击鼓的人，并不是白蛇村柳家堡命案的苦主，却是城隍庙的吴道士。那道士手里正捧着一颗官印。来知府不暇向吴道士问讯，先将那官印接过，仔细一看，正是瑞州知府的印章。

却听那道士禀道："小道夜间在城隍爷爷座前念诵《太上感应篇》经文，烛光之下，似乎觉得城隍爷

65

身边有个人影子一闪，小道心想，敢莫是有贼来了？起身四面一瞧，并不见有什么贼人到来。小道转又疑惑城隍爷爷显圣了，再一细看，城隍爷爷神案上面却多了一颗印鉴。小道便是诧异不小，便跪在神案下面，叩了一个头。再起身一看，却仍是一颗印章，但这印章看去不像似城隍爷的印章。再将这印章上的篆文一看，原来是大人的官印，只不知是谁人在暗中作怪，盗来大人的印鉴，换去城隍爷的大印。小道在庙里唤起人来，大家寻查一会儿，只查不得一些影响，便捧着印鉴，赶到大人衙前击鼓，想不到城隍爷的大印却好端端地放在大人公案上面。"

来知府听完吴道士的话，亏他有这聪明，估着白眉侠苗星此番盗换印章，却是有意卖弄本领。便将那瑞州正堂的官印放在公案上面，转将那城隍爷的一颗大印交给吴道士道："你拿回去吧。这件事太奇怪得很，本府并不怪你，回去不用声张，怕外人听了，以讹传讹，转弄成惊世骇俗。"

吴道士诺诺而退。

这一天，来知府知戴女是不容易娶来的了，也就偃旗息鼓，不弹此调。对于白大少夫妻及费地保这三件命案，接过两人的报称，照例验相已毕，便着令捕役缉获凶手，抄着伍师爷的老墨券，慢慢将这案游移下去。费地保已死，他的妻子是无力追求官府的人。白大少父亲白翰林，却因这凶手拿不到，儿子、媳妇已是死了，何必同他们旗人为难？这案果然照例成了拖案。至于柳家堡上那个开客店的，因为被众人告发，说有一个白眉少年，同一个黑脸汉子，曾住在他客店里，但是客店里下客不犯王法，何况他们两人当夜出去又没有回来。来知府权把他监禁几日，问不出凶手来，也就从宽释放了。

戴家母女二人已经回湖北去，但瑞州的捕头奉行故事地也到她家去探问一次，见她母女已经远走高飞，他们都是领受来知府的意旨，也就省事无事，不去追寻这笔账了。这一场大案也算告一结束，就中却便宜了徐少彬一人。

其实徐少彬在这件事上，本没有可死之罪，谁知后来，偏在这东西身上，几使苗星栽一个跟斗，后文自有一番交代。

今且说苗星那夜在瑞州做下许多惊神泣鬼的事业出来，你道他那夜便走开吧，大丈夫干事，原不能这

67

样地有头无尾。他在日间却躲睡在一个大富人家的天花板上，到了夜间三更时候，仍暗暗探问这案的结果情形。后来探得并没有人去追捕戴家母女，来知府且未无辜陷害一人，他才由瑞州动身到湖北去，一路上了做了许多侠义勾当。

一日，走到一处极大的庄院，看那庄院的规模，知道是一个很富厚的人家，八字墙的大门前面，有一块很宽大的青草场，可以看得出青草都被人踏死了，剩了一层草根。那草场上有上马的石墩、拴马的大桩、练气力的大小石锁石担，横七竖八的，不知有多少放在那里。看那石锁、石担的握手所在，都捏得很光滑的，使人一望就知道，有不少的人练武。不过这时候没有一个人在场上练习，大门虽开着，却又不见有人出入。

苗星不由转动好奇的念头，大踏步走进大门。忽然从里面跳出一个十岁开外的小孩子，穿一身红衫裤，头上绾着两个角儿，一见苗星从大门口走进来，早不禁翻起两个圆彪彪的黑眼珠儿，一步蹿得上前喝道："你是什么东西？两边耳门不好走，偏要从大门走进来！你也不打听打听我家的大门，岂是你这东西随便可以走进来的？还不给我滚出去！"

苗星听他这话，笑了一笑，说："好孩子，你家这大门，什么人才配走进呢？"

那孩子回道："有真本领人，才配从大门走进；没有真本领人，便是天王老子，要走进我这大门，就得仔细着两条狗腿。"

苗星笑道："怎么才算是有真本领人？有真本领人，还不是生着一双手、两条腿？你知道谁有真本领，谁没有真本领？我虽没有什么了不得的真本领，你不许我从大门走进去，我偏要走一走看。"

那孩子听了，气得把头上一根根毛发都直竖起来，那两个角儿也竖得同两柄小钢叉一样，便不禁飞起一条左腿，向苗星踢来。

苗星又笑了一声说："来得好！"顺手把他那只左腿接住。

那孩子一只左腿已被苗星接得住了，那一条右腿又同时飞了起来，却又被苗星那只手把他的右腿接住。那孩子的两条腿被苗星接住，在势要头向下腿向上，后肩头项都仰在地上，谁知他年纪虽是小孩子的年纪，本领不是小孩子的本领，却不待苗星将他提起的时候，便运着他的气功，头项肩背一离地，就好像地面上有什么东西托住了似的，一翻身已直拗起来。

苗星见了也暗暗喝彩，自己却不肯下毒手伤他，伤害人家的小孩子，须不是当耍子的。早防备他在地下拗起来的时候，要双拳齐下，向自己两胁上打来，便趁势运足了周身气功，把那孩子放下。那孩子早飞起一拳，向他腰间里打来。好奇怪，苗星的腰眼里痛也不痛，那孩子的一只拳头登时红肿起来，仍向前直伸着臂膊，似要打人的样子，那只手却在下面托着，不由泪流满面地哭起来了。

苗星便向那小孩子说道："不要哭，你没有受我的伤，我来给你医一医好了。"

小孩子哪里肯依，不由直着喉咙叫道："大姐姐，这东西要打死人了，这东西要打死人了！"

似这么叫了两声，忽见门内走出一个十七八岁的女子来，真是圆睁杏眼，倒竖柳眉，向苗星叱道："你这畜生，无理极了！这么大的汉子，为什么下手把我兄弟打伤？"

苗星看这女子眉眼之间，妩媚中露出英锐的气概，若在没有本领的人见了她这样神态，必然害怕。苗星却被她骂得光起火来，也就恶声回道："你家这种孩子，自己打人，打得拳头上肿起来，你还冤赖老子下手打他？你这丫头才是无礼。"

这女子听罢，几乎把肚皮都气破了，口里连骂："混账，混账！我不打死你不甘心。"

欲知后事如何，且看七回再写。

总评：

苗星为戴家母女安全计，却放一来知府不死，非苗星厚于来知府，而薄于白肇凤、费伯熊也。英雄做事，最要能放能收，若徒欲杀来知府而后快，则意外之祸变又将萌生。戴家母女已安全，白、费二贼已死，又安用多杀为耶？

白眉侠之在天津所做侠义事实，已在伍师爷口中略述一笔，呼应前文，首尾衔接，此从夹缝中寻出好文章也。

盗换印章一节，看是多此一举，其实正大侠之细心处，宁多此一举，使来知府得知

71

白眉苗之手段，尚不止此，足以寒其胆而褫其魄。甚矣，英雄豪侠之不易为也。

以如许之庄院，如许之草坪，何以仅有姊弟二人？宁非奇事，我以作者善用奇兵，以振起下文之局势耳。

第七回

燕啭莺鸣转轮逢对路
月圆花好盗窟逗良缘

话说苗星看那女子一面骂，一面说，要举手打过来，心里一想不好，连忙退出大门外，向那草场退去，倒退的脚步，比寻常会武艺人向前奔走的还飞快。转向那女子抱拳说道："对不起，小姐呀，是我自己不是，不该使起性子骂了你，可是现今已懊悔不来了。我来向小姐赔个罪，打是打不出道理来的。"

从来女孩儿家的心肠极软，禁不起人家说三句好话。那女子当向苗星笑了一声道："牛角不尖不过界，你有了点点的本领，就动手打伤人家小孩子，你只好打我兄弟。"

苗星听那女子的话，又笑说道："小姐以为我不敢厮打吗？我自信同府上没有冤仇，用不着三言两语不合，便和你厮打起来。并非怕我的功夫敌不过小姐，丧了我半世的英名。"

那女子笑道："你和我家无仇，怎的打起我兄弟来？我兄弟不是寻着你厮打，是你跑到我门上来将他打伤。"

苗星道："我没有打他……"

话犹未毕，那小孩子又捧着拳头哭道："大姐姐，你听他说的好太平话，便放他跑了。不打死了这东西，我们史家村的人被人欺负了去，叫我父亲知道，不要气死，也要羞死。"

一句话激动了那女子，双脚齐飞地跑到草场上一处没有放着石担、石锁的地方，早和苗星站了个对面。却见苗星提起脚步便跑，并不向大路上跑，只在那草场上，一溜到东边，一溜转到西边，不住地绕着圈子跑起来。

苗星在前面跑着，那女子在后边赶着，跑多么快，赶多么快，跑多么久，赶多么久。苗星越跑越起劲，那女子也越赶越有精神，而仍旧这么打盘旋似的，跑了有二三百个圈子。先前还像似两个人，一个跑着，一个赶着，以后就看不出有什么人了，只见圆圆的电光，在草场上飞旋着，飞旋得比什么都快，俨似游龙一般，越来越快，越快越多变化。两人都是头眼不昏花，身腰不散乱。苗星却想不到这女子的一身轻功同自家是一样的路数，心想：那女子是一对儿小脚，跑起来却不及大脚会占便宜，应该跑一会儿便休息了。谁知那女子虽是一双瘦不盈握的脚，跑起来却同他一双大脚没有上下。

两人正在飞跑得相持不下的时候，不防庄前早拥上一大群人来。为首的年纪约有四五十岁，装束却很朴素，后面跟的一群人，一个个都是花拳绣腿、短衣窄袖，都像有本领人的样子。

却由那为首的一人一声喊道："大丫头，你怎的和人厮跑起来？你们这种转轮的功夫，总算有了一点儿家数，大家就此休息了吧！"

那女子才立了脚步，竟像风飐蜻蜓般地站在草场上。苗星也就面不改容、口不喘气地仍站在那女子的对面。

那女子便向那人说道："爸爸快过来，这东西可

75

恶极了，打伤了我家小兄弟，我就想赶上去一拳打死了他。"

苗星知道这人分明是女子的父亲，女子的转轮功夫，什九由他传授出来，要走上去辩白。这人却不待苗星辩白，忙堆出满面的笑容，拉着苗星的手，仔细向他望一望，说："我道是谁，原来是白眉侠苗大哥。"

一面说，一面便向那女子说道："这里是贵客到来，珠儿，快回房去。"

那女子见她父亲挽着苗星的手，向她说出这样话来，便也跑向门内去了。

那人又向苗星笑道："小女儿的性格不好，很对不起苗大哥。"

说着，便挽着苗星走进门来。后面一群的人早已分散在两边耳门进去。

苗星因那人对他这样客气，不由喜出望外，也忘记请问那人的尊姓大名。进门又见那人向那小孩子望一望笑道："这哪里是苗大哥打你的伤？"

那孩子听了不服道："爸爸怎知不是他打我的伤呢？"

那人道:"你年纪小,功夫浅,知道些什么?你这拳头打在人家身上,被人家用气功逼得退了回来。你打出去的力多么大,这退回来的击力也多么大,这是你退回来的击力把自己的手击伤到这个样子,并不是人家打伤了你的。我来给你揉一会儿便好了。"

一面说,一面便给那孩子把手臂揉了一揉。登时红也退了,肿也消了,仍然恢复到平日的模样儿。

那孩子却向苗星笑道:"我的伤也好了,大门也由你走进来了,你的本领却也比得过我的姐姐了。"说着,便随在他父亲的背后,一齐同苗星走到厅上。

茶话时间,苗星才请问那人的名姓。

那人道:"我姓史,江湖上给我编派一个诨号,唤作千里侠史勇。因苗大哥有个朋友,曾说过苗大哥相貌、本领迥于他人,这朋友便是千里眼花豹。"

苗星道:"花豹现在哪里,是几时到府上来的?"

史勇道:"他到寒舍来过一次,不日又要前来。苗大哥不妨在寒舍稍住几时,我有一件心事,要和苗大哥商量,苗大哥其许我。"

苗星道:"有什么话,你老人家不妨对我说明,无不遵命办理。"

史勇听罢，便向那孩子笑道："鼎儿，快把你姐姐唤来，我有话说。"

一会儿，史鼎果把那女子带得前来，在史勇下面坐定。

史勇道："珠兰和苗大哥都在这里，我欲给你们定下良缘，好了结我一条愁肠子。你们有不愿意的，不妨当面说来。"

珠兰听得这话，桃红脸上早堆起了朵朵红云，直红到鬓角上，只顾低着头弄衣角，好像她的一颗芳心并没有表示不以为然的意思。

苗星方欲谦辞一番，却看史勇的面上神态不对，连忙离席而起，扑地翻倒虎躯，向史勇纳头拜道："承丈人看得起小婿，只怕小婿这点点本领有辱小姐罢了。"

史勇忙将他一把拉起，喜道："如此我可了却一桩心愿了。我们这种地方，是斯文人最多，只有我一家练武。我生平最可恶的是文人，因为看他们那般腐气冲天的样子，死心塌地地读那个八股文章，毫没有半点儿生气。我只苦住在这种文贼的地方，没有会武艺的诸亲六眷到我门上来，我心里就老大不自在。便是我家里用的仆人，他们也都要练习一些把式，显得我们这种人家，在这周围大家小户，要算得是个鸡群的鹤。我的老伴亡故好几年了，本有意想娶一房继室，就因为这地方的女子没有个能练得武艺的，她们斯文人家，固然不愿嫁我，便是我，也不愿意娶她们这般孱弱不中用的女子，做自己的夫人。我这大门，也就不许真能懂得武艺的人走进一步。所以我珠兰女儿已成年了，并没有人敢来说合。固然我是不喜欢斯文人，我这小女，也和我是一样的脾气，除了远处没沾染这地方恶习的人，貌艺出众，实在算得当今时代的英雄人物，用不着什么人说合，我很情愿把小女嫁他。若是本地方的斯文人，哪怕他的家财比我再大些，身份比我再高些，我情愿把小女养在家里一辈子，也不忍心送给这些龌龊斯文手里去受委屈。难得你和小女今天无意在草场上赛跑，也是天缘巧合，所以我愿意让你赘在家里做女婿。我也不备什么妆奁，就将我自己的财产，准备将来平分一半给我小鼎儿，一半给你享用，显得我对于儿女、女婿没有一些偏袒。论理，像我们这种门第的人家，招赘一个好女婿，无论如何，也得选定时日，遍请诸亲六眷，大家热闹热闹，才对得起女儿、女婿。可是他们都沾染上斯文的气习，老大同我反对，平时红、白各事，不通往来，我何必破例给他们的红面子，请他们来吃一杯喜酒？请也未必肯来。好在你是个大英雄、大人物，却不拘得这世俗小节。我活到五十岁，向来不信什么三合月将，拣日不如撞日，撞在今天，就是今天的吉日，只需家里的丫鬟、童仆帮助你们热闹热闹，你们新夫妇叩拜天地祖先，再交拜一回，便成了婚了。未明白你的意思，以为怎样？"

　　苗星在江湖上东奔西走，并不曾授有家室，他虽是热血的英雄，但家室的情感比寻常人还来得真挚，却遇到有这么一个貌艺双绝，是他理想中的情人，定下了百年好事，心里十分留意，但表面上却又不得不对史勇谦虚一番。如今又听史勇说出这一节话来，分明一句句都打入自己的心坎儿里，巴不得立时成了家室，所怕的就是荒时废事，要经过这种麻烦。难得史勇这样说，不由喜得心花怒放，慌忙回道；"听凭丈人怎样地吩咐，小婿便怎样地依从。"

　　史勇听罢，即令史鼎唤上了两名小鬟，把珠兰簇拥到后房去梳妆。

原来史家的丫鬟，一个个都懂得些武艺，他家对于这班当丫头的管束甚严，非经他和珠兰、史鼎呼唤，不拘什么事，她们却不敢轻易出后堂一步。但苗星看那两个丫鬟，一般地也生得娇姿艳质，短袖武装，若不是自己看见史鼎把她们呼唤出来，还把这史家的丫鬟当小姐呢。

　　史勇见两个丫鬟簇拥着珠兰回到后房去了，单留史鼎在厅前陪着苗星，自己便去指导家里的童仆，忙着挂灯结彩。

　　这一日，苗星换了一身新的衣服，是凡结婚上应有的仪节也做过了。史府里做这种喜事，没有诸亲六眷往还，也就省去一件闹新房的麻烦。晚间，新郎、新娘同入洞房。苗星看这房里的陈设，简直像个天堂，新娘去了盖头，这时房里高烧着两支手臂粗细的红烛，照耀得同白昼光明无异。若在日间看新娘容貌，只觉出落得比一般年轻的姑娘要漂亮得很，而在这洞房烛光之下看了她，又穿了一身鲜美的衣装，更觉容光艳丽，那一举一动、一肤一发之间，无一不表示出一种女儿美。

　　那两边的丫鬟团团地把洞房包围住了，苗星几番要和新娘说话，因有丫鬟在房，待要出口，脸上不由红晕了一阵，话又吓得退回喉咙去了。一时交杯酒落了盏，丫鬟撤了出去，好像她们很知情趣，不约而同地退出房外。

苗星见丫鬟都不在房，心里说不出来的无限欢娱，恐怕再有丫鬟前来，连忙呀的一声，把房门关了。回头看新娘坐在床上，便也凑近床沿上坐定，一把将新娘的一只纤嫩雪白的手握住。

新娘慌忙撑拒道："请你放尊重些。"

苗星经她这一撑拒，不禁吓得把手缩回了，自己也懊悔自己鲁莽。但看新娘的脸上没有一些怒容，只顾低着头现出十分难为情的样子。

苗星忙向新娘赔罪道："望小姐宽恕我这一次无礼吧，总算我们今天是成就了百年好事。"旋说旋老作面皮，便要来给新娘宽衣解带。

忽然，新娘又把手一摔道："没有这般容易。"

苗星这一惊，非同小可，如痴如呆地在房里立了好一会儿，心想：新娘的举动太奇怪了，难道她既不愿意嫁我，为什么不早对她父亲表示出来？忽而转念一想，人家是个十七八岁的含花幼女，在这红烛高烧的时候，便要给人家宽衣解带，委实叫她有些难为情了。

想到这里，正要再拿话来温存她一番，却见新娘把眉头皱了几皱，粉腮上早不禁直挂下两行泪来。

苗星便向她望一望说道："我遵老丈人之命，和小姐成为夫妇，并非我自己不懂人事，无端对小姐存着苟且的心腹。今夜看小姐的神气之间，似乎厌弃我的一般。如果小姐厌弃我，不愿同我成为夫妇，小姐又何妨对我明说出来？我今夜既不蒙小姐见爱，又何忍行强用野呢？如果小姐不是厌弃我，此时天气已不早了，外边的人已是寂无声响，都去安歇了，我们还不上床，在这里呆呆地做什么呢？"

新娘听他这话，那眼泪益发流个不住，用手帕揩拭了一番，口里像似要说什么话，未开言又禁住了。

苗星用极恳切的态度问道："妹妹可有甚话转问我吗？"

新娘见苗星换了称呼，便低声说道："我只问你，若是我嫁了你，可像当初我的母亲嫁了我父亲的一样？"

苗星听了不懂，心里更禁不住诧惊起来。

欲知后事如何，且俟八回再写。

总评：

　　转轮步，为苗侠之绝技，当世能此者恐无其人矣。不意巾帼中遇此对手，宜乎苗侠之倾心于其石榴裙下也。星珠之姻缘，讵偶然哉！

　　苗侠之行径，奇矣；史勇之行径，较苗侠尤奇；而珠兰之举止诡谲，则更奇。有此三种奇人，方有奇文可写。

　　人皆谓侠士之心肠极硬，余独反其说，谓侠士之心肠极软。盖多一分情感，即富有一分侠性，可知英雄儿女，真具有一种天赋真情。彼夫唯以声色自好者，视别人之痛痒，漠然若不相关，多情却是总无情耳。

第八回

密语话深闺美人肝胆
葫芦藏妙药老衲生涯

话说新娘又继续说道:"我母亲当初嫁了我的父亲,虽然母亲去世得早,但两位老人家半辈子没有怄过一回闲气。我如今已做了你的夫人,你自己心问口、口问心,保得住不和我一朝便生生离开,终久使我做你的夫人吗?"

苗星笑道:"原来是这么一句话,容易容易。我如果不愿意同你做个白头的伴侣,哪怕你父亲就杀了我这颗头,我也不答应招赘成婚的事。我既愿意同你做个白头的伴侣,哪怕我就杀了这颗头,也要和你一双两好的,抛不下你我夫妻的真情。"

新娘听苗星说出这般斩钉截铁的话，这才换了笑容，不像在先那般羞涩的样子。苗星便将新娘拥到床上，新娘并不撑拒，任他宽衣解带，这一对儿有情人，也就成了眷属。

苗星自做了史勇的赘婿，和史珠兰伉俪之情，正如现今寒暑表靠近火炉旁边，热度已达沸点。但他在史家住了一月，渐渐看出史勇的行动诡谲不测，家里的金珠无算，便是童仆、丫鬟，手头上比大人家的公子、小姐还加倍奢靡挥霍。他家也只有三四百亩田产，只不知这些金珠财物是从哪里得来的。就猜想到史勇绝不是贩珠宝做正经买卖的人，背地里时常盘问珠兰，珠兰只对他说一句下回再说。

苗星心里便十分明白，因自己在江湖上也曾因行侠尚义的事，顺便弄人家一些钱财，但都将这钱财仍在穷苦可怜的人身上用去，却不曾把来给自己挥霍，这却不能算是个强盗。于今反做强盗的赘婿，如何不烦闷呢。

却见珠兰除去做新娘的那天，平时都是荆钗布裙，向不肯挥霍一文，很能遵守妇道，连房门都不肯轻易走出一步。就见她父亲那种豪华怪僻的气派，口里虽不说什么，好像心里也怨望她父亲的行藏不是有身份人当干的事。

这日，适逢史勇不在家中，苗星坐在房内，向着珠兰纳闷。却见史鼎笑嘻嘻地跑进房来，说："姐夫，厅前有一个姓花的，是你的朋友，请你说话。"

苗星知是花豹来了，偶然想起戴家母女的事来，便想去问花豹一番，毕竟戴女住在什么地方，她们母女的境况是怎么样。一面想，一面便随着史鼎，走近厅前。

史鼎道："姐夫且到厅上会你朋友说话，我还要到草场上，同他们去舞石担耍子。"说着，那脚上便像揩油似的，一路笑出去了。

苗星走到厅前，果然花豹坐在那里。

花豹见苗星来了，兜头向他就是一揖，说："苗爷真好自在，你娶了一位新夫人，怎的不寻我来吃杯喜酒？"

苗星听他这话，不禁把脸一红，暗暗叫了一声："惭愧！"含糊着拿话敷衍过去，转问花豹："你是几时到湖北来的？戴家母女现在怎样？"

花豹道："戴家母女现在甚好，已由她母亲做主，许嫁一个好女婿。我把她一路护送到湖北来，已算卸了我的千斤担子。苗爷在瑞州所做的案件，我也明白得很，就是这位史老丈告知我的。"

苗星道："你是几时会见家岳丈的？"

花豹道："我初到湖北来，人生地不熟，偏是这周围的人家都喜欢文耍子，只有史老丈一家练武。我曾到史老丈这里拜访一次，蒙史老丈接我，从大门走进去，酒席恭维，要留我住在这里。我说，须等苗爷到湖北来再说。他曾问苗爷是怎样一个人，本领又是怎样，几时到湖北来。我便将苗爷的本领、相貌说给他听。又说，苗爷到湖北的时候尚未决定，但终究是要到湖北来的。他见我主意拿得定，并不强留我住在这里。昨天又遇见了史老丈，他说已招赘苗爷做女婿了。并听苗爷曾对他说，在瑞州干下一件快心的事，转来告给我，所以我今天特来向苗爷贺个喜。苗爷，有一个人到了此地，你可知道？"

苗星当问那人是谁。

花豹道："这人便是十数年前，激恼我到郓城去打入场的那个彭天球。"

苗星因这彭天球和他舅父沈虎林曾结下海深的冤仇，听说他在四川入了白莲教，怎的这回转到湖北来了？便问花豹道："彭天球到湖北来干什么的？"

花豹道："你到湖北来干什么的?"

苗星被他一句问得噤住了。

花豹方才笑道："原来苗爷尚不知史老丈是个什么人吗?"

苗星便向花豹低声道："我不幸陷落在强盗窝里，时常想离开此地，只是有些撇舍不下。我何尝不知家岳丈是个江洋大盗?"

花豹道："原来苗爷只知史老丈是做没本钱买卖的，这也难怪苗爷了。苗爷若问彭天球到来干什么的，正不妨去请教尊夫人，自会使苗爷明白。我就先走开一步。苗爷要问我住在什么地方，只离此南去三里。苗爷要寻我，不妨到毗庐寺里寻我。"说毕，又向苗星打了一躬，出门去了。

苗星知道挽留不住，便将他送出门外。却见史鼎同着几个童仆，在草场上耍着石担。他有本领，轻轻提起石担这一头，至于那一头，已高高地应手而举，仿佛像似钓鱼的提那钓竿一般。

苗星目送花豹走了，却无心在那里闲看他们耍着石担，归到房中，直至夜深人都睡了，便悄向珠兰说道："我和你已是一月的夫妻了，承你的情义，看得起我，一颗心早就系在我的心坎儿上。只是我见你家这种气派，恐怕你父亲不仅是个做没本钱买卖的人，你不妨明白告我。你是我什么人，我没有不见谅的道理。像这般鬼鬼祟祟的，叫我蒙在鼓里，你这人还有什么人心？"

珠兰初听时，惊得变了颜色，停了好一会儿，才低声说道："成婚的那天晚上，我向你说的那句话，你记清了吗？"

苗星道："我不记清这句话，早就远离这地方了，我心里只是撇不下你。"

珠兰道："你说的好太平话！凭你这点点的本领，能逃出我父亲的掌握吗？不拘你隐逃在什么地方，只要你违背了我父亲，抛撇了我，他却有这本领，能将你拘得回来。你要抛撇我，有什么用处？你们这种人，在江湖上奔走的日子也不少，怎么两个眼珠太不识相，清水也扰入了浑水里？无论我父亲是做没本钱的人，一落到老走江湖人的眼角里，是瞒不来。请你回想那时我同你在草场上赛跑的时候，你学的是一种硬功夫，我学的是一种软功夫，硬功夫是专凭自己的本领，软功夫却是用的驱神役鬼的魔术。不过这种魔

90

术，是极不容易练成的，练成了和硬功夫一样，随时随地，皆可应用，却想不到你这硬功是怎样得来。我是一个女流，却也学得你们一样的功夫，天下事哪有这么凑巧？须知我那时不过使用这种魔术，存心想在你面前卖弄我的能耐，如果有意要你的命，无论如何，你都是逃不了的。你那时却没有这眼力看得出我是用的软功夫，并且我父亲在大厅上对你说的那种话，你一些也不明白。像我父亲是个会武艺的人，近处的诸亲六眷不到我门上来，难道远处也没有亲眷？可知我们这种人家，没亲眷敢同我家往来，不是江洋大盗是什么呢？并且成婚的那一天，你穿的那套新衣服和你身材相称，你的身材比我父亲高大，难道我父亲预先给你做一套新衣服，预备招赘你做女婿用吗？你就该想到，天下事没有这般地凑巧了。这衣服可知由我父亲用法术摄取得来，我父亲不是白莲教的首领是什么呢？我父亲因你的功夫好，一时触动了择婿的心，想拉你到白莲教里做个帮手，所以将我配给了你。却又怕你的性格太古怪了，一月以来，尚不肯对你轻易露出自己的本相来。我却自诩眼力不错，早看穿你未必肯受我父亲的牢笼，便是我，也不喜欢我父亲在白莲教里干那些误国祸民的勾当。但我看你是个英雄的人物，心里很愿意嫁你，又怕你因鄙弃我父亲的意思抛撇了我，转无辜伤害你的性命，我的终身幸福也就完了。"

苗星听完这话，方才明白过来，也低声向珠兰说道："小姐这话，可是一句句从肺腑里掏出来的，你的心我是看见了。我不能随你父亲入白莲教，岂但不肯入白莲教，还想扑灭了白莲教。但我又实实在在不忍辜负小姐，这真叫我左右做人难了。我只得等你父亲回来，慢慢地拿话打动他的心肠，万一他听我的话便罢，不听我的话，我也只有一条死路。"

珠兰道："你是个呆子吗？你死能扑灭了白莲教，这一死也就值价；若扑不了白莲教，你死了我就去做尼姑。你要拿话打动我父亲的心肠吗？那么你就要走上一条死路。无论我父亲现在是兴高采烈的时候，正和四川白莲教的首领彭天球忙着招集教徒的事，就在平时，你也劝他不来。依我说，你不要鲁莽，现在我倒有一个主意，你不是有个老娘吗？就等我父亲回来，你去对他说：'我出外有好多年没有回家，虽蒙丈人青眼相看，把我当作亲生儿子看待，然我有一个老娘，我不知是什么缘故，这几天有些心神不宁，仿佛看见我娘哭泣，想我回去看老娘，并同令爱一同前去，叫我老娘欢天喜地地看着儿子、媳妇双双地回来。'你是这么向他说，看他怎样答复你，我们再来商议。"

苗星听了，很以为然，并且他出外多年，不想起他的老娘，如今被珠兰提醒了，就恨不能插翅飞至他老娘身旁，亲亲热热叫一声："姆妈!"这个缘故，连他自己一颗心也分解不来，当夜便在床上辗转不宁。

次日，又不见史勇回来，心里焦急万分，又不肯冒昧一人私逃，忽然想起花豹在南去三里毗庐寺里，便去寻花豹谈话。

出了史家村，向南到毗庐寺来，果见两排树荫里面，露出黑压压的一座红墙。走近寺门，看那门额上写着"毗庐寺"三字，便大踏步走进客堂，问一个知客师："可有个姓花的住在宝刹吗?"

那知客师听说他是访问一个姓花的，便将他带至方丈室。果见花豹同一个老和尚对面谈话，那老和尚的相貌却像在哪里看见过的。

当时花豹一见是苗星来了，便笑着问道："新娶了一个如花似玉的人儿，苗爷怎舍得不坐在房中亲热亲热，却独自跑到和尚寺里寻我，不怕新夫人恼你吗？"

苗星道："你倒会挖苦人呢！"

苗星和花豹在那里谈说着。老和尚见苗星来了，却理也不理。

苗星又向花豹道："借一步说句话。"

花豹便要和苗星走出方丈室，老和尚忽叫花豹转来，花豹便也停止脚步，仍同苗星一齐坐下。

老和尚忽向苗星道："苗居士，你认得贫僧吗？"

苗星向那老和尚仔细望了一会儿，忽然想起来了，不禁拍着大腿说道："你老人家不是大王庙月朗和尚吗，怎么离开阜宁，在这里住持方丈了？"

老和尚道："老僧云游无定，今年是在这里住持，不知明年又到何处。苗居士，你欢喜做强盗、做教匪吗？"

苗星听老和尚劈口问他这话，便将自己的心事说给老和尚听了。

老和尚道："既不喜欢做强盗，却怎的久住在强盗窝里？既不喜做教匪，却娶教匪的女儿做妻子了？老僧这里有一件东西，你且照着你妻子的意思，向你

94

丈人告辞，非到极危险的时候，不许打碎这东西看一看。那时候不但可以保得住性命，还在这东西上扑灭了白莲教。我这东西，确是一件法宝。"说着，便从身边取出一个葫芦来，交给苗星。

苗星看这葫芦甚小，并没有什么奇异之处，想不到这个葫芦真是白莲教的大敌，比什么法宝都还厉害。

毕竟这葫芦里藏的什么妙药，欲知后事如何，且俟九回再写。

总评：

通篇精警绝伦，无一懈笔，无一闲笔，才大心细，是说部有限文字。

史珠兰独识苗星为非入污泥自染者流，其眼光盖出乃翁以上，宜乎苗星之有所钟情也。英雄儿女之结合，其来有自。

月朗以葫芦授之苗星，阅者其疑葫芦为法宝，如广成子之翻天印欤？及至下文说明，则又当拍案叫绝曰："如是如是，葫芦中果藏有妙药在也。"

第九回

僧月朗道力服花豹
史珠兰热血救苗星

话说苗星接过葫芦一看，并没有什么奇异之处，只是葫芦口上有线香粗细的一个小孔，用蜜蜡闭塞了。放在手里摇了摇，空空不动，并没有什么声响。心里想不到这个葫芦真是一件法宝，不由脱口而出地说道："我不信得小小葫芦里藏着什么妙药，老师父还是同我寻开心。"

月朗老和尚正色说道："你这话怎讲？难道我们佛门弟子，会打着诳语寻你开心？你敢小觑这法宝吗？你晓得这法宝的灵验，说起来要吓你一跳。便是《西游记》上孙行者的金箍棒、《封神传》上广成子的翻天印，也及不上它。你晓得什么，你敢小觑它吗？"

苗星见老和尚正颜令色地说得这般珍重，也就将信将疑，向老和尚谢罪，将葫芦藏在身边，问老和尚这法宝是如何使法，可用什么咒语。

月朗老和尚瞑目不答。

花豹道："苗爷是个呆子吗？如果老和尚这件法宝要用咒语，老和尚早将这咒语传给你。因你这件事，同老和尚商量多时，老和尚想你和他老人家的缘分不薄，才传给你这件法宝。老和尚绝不会误你的事，你只要依照老和尚的话做去，这法宝便有灵，不依着老和尚的话便不灵。苗爷，你晓得什么，你敢小觑老和尚吗？"

苗星听罢，即向老和尚告辞。老和尚只点一点头，便像耳无闻目无见般，去做他们的禅门功课了。

花豹将苗星送出方丈室，苗星道："你是几时结识月朗老和尚的？他的法宝真个靠得住吗？"

花豹道："我当初何尝信得老和尚是个道法高深的人，像老和尚授给你这件法宝，我不是在老和尚面前栽个跟斗，也就疑惑这法宝有些靠不住。我在这山门口，且把老和尚的法宝说给你听，你就不敢小觑老和尚，更不敢小觑老和尚一件法宝。

"我当初到这地方来，便听得毗庐寺里月朗老和尚能知过去未来的事，这地方的人都称他叫作活佛。我是个直肠子人，什么是活佛，就疑惑这般和尚、道士大半会些妖法，是白莲教徒一流人物，哪里能知道过去未来的事？这种东西，完全是世界一种吃白食的闲汉，所以我常说世界多一个和尚，不如多一条狗。他自己大吹牛皮，说什么能知过去未来的事，这般不近情理的话，是骗人的，怎能骗我花豹？乡民无知，却将他当作活佛般地信重起来，一半说得对了，他话里都夹着两边风，求相问卜的人都相信佛门不打诳语，活佛的预言总包括在隐微间，叫人猜不出、说不出。后来事情已过去了，这些乡民好像已恍然大悟过来，说：'原来，原来。'哪知已受了他的欺骗。这种和尚，连狗屁都不值，叫我如何信得他是个活佛？就把他当作白莲教徒一般看待。

"因我一时高兴起来，想抓住他的把柄，给他个狗吃屎。黑夜三更到他这里来问问他，见他孤独独一个人盘膝打坐，在那云床上面，低眉合掌，神气十分安闲。我那时穿的是一身夜行衣靠，提的是一把杀人的大刀，若是毫无道法的和尚、道士，看见我那种凶神恶煞的样子，不要吓得把五脏庙都崩裂开来？

"这月朗老和尚却一些也不惧怕，睁开眼来，向我笑了一笑，依旧做他打坐参禅的勾当。

"我当时使起性子，开口问他：'我从出娘胎以来，过去的事是怎样，未来的事是怎样，你若说得一丝没有走板，我就信得你是个活佛，情愿向你磕头，你就是我的老子娘了。有一句说得错了，便割下你这颗头颅。'好样儿，我哪里还按捺得住，因想他是个活佛，能长生不死，且叫他活佛做个死佛，看他还能在这里谣言惑众，听得我耳朵里有些痒痒的。

"我不转动这杀人的心便罢，一转动这杀人的心，就不禁挥手一刀，容容易易地割下他那颗头来。尸级跟后向床上一倒，我心里便快活得一根根毛孔都钻出个快活来，把刀在灯光一嗅，一股血腥气味，闻得我心里跳一阵笑一阵的，就他身上的法衣揩去刀上的血迹。看云床上血水淋漓，老和尚的尸级就睡在血泊里，我急忙收刀入鞘，悄没声响地走出房来。

"这时候，不防门外闪来一人，向我低喝了一声：

'哪里走！'

"我那时留神一望，见一个须髯飘然的老和尚站在门前，向我冷笑。但看他那笑的形容，比什么都难受，不是月朗老和尚却是哪个？我直吓得魂飞魄散，心想，这不是活见鬼吗？我到了这一关，也就顾不得许多，只有拔刀刺他一下。

"我刚才要将那把刀拔出来，老和尚喝一声：'止！'我不禁登时打了个寒噤，把手缩回了。

"又见老和尚退入禅房，向我摆一摆手，我又不由得回到禅房里。老和尚叫我坐，我偏不坐，却被他用手在我肩背上一拍，我觉得一脚站不稳，也就不由得坐下。再看禅床上，哪里有什么尸级呢？

"老和尚早从禅床下取出一个葫芦来，说：'你须仔细赔偿老僧这个葫芦。'

"我看那葫芦比这葫芦大些，上面刀痕尚在，好像还有丝丝的血迹。再留神一看，哪里有什么血迹？连刀痕也看不出来了，又不禁吓得肝肠肚肺在腔子里跳个不住。

"老和尚又冷笑道：'花豹，你疑惑老僧是白莲教一流人物，存心要来和老僧为难，显得你的眼力不错。哪知老僧虽不会使白莲教的法力，却有一点儿小小的神通，不至于把个葫芦头断送你手。你这种眼力，哪里配在江湖上厮混？看老僧这葫芦头，还不是安在颈项上面？老僧对你说几句话，并不想伤害你，你也没有缘分做我的徒弟。'

"我当时听完这话，那魂灵也立刻收回腔子里。

"老和尚接着说，自己是哪里的人，半生以来，曾做些什么勾当，一句句都说得我心坎里痒痒的，好像把从我出世以来，一时一刻都没有和我离开的样子。及至说到未来的事，如今尚是现在，我但愿老和尚的话没有灵验好了。"

花豹说到这里，苗星道："老和尚说你未来的事是怎样？"

花豹不禁流下泪来，说："没有怎样，到时苗爷给我把几根骨头埋好便了。我想一个人生在世界上，只需能干下一番痛快的事，死有什么要紧？苗爷也不必追问下去，叫我心里难过。但我自受老和尚一顿教训以后，还不把他当作活佛看待？

"数日前，我遇到令岳丈，他说已招赘苗爷在家做女婿。我回去告知老和尚，老和尚道：'他这一跤

101

跌下万丈深潭，却也有这造化可以不死。'

"我问老和尚这是什么话。

"老和尚道：'你知那史勇是个什么东西？'

"我很斩截地说道：'他不是个强盗是什么呢？'

"老和尚道：'你知道他是个强盗，你的眼睛还没有瞎。究竟你还看不出他是湖北白莲教的首领。'

"我听完老和尚这话，很为苗爷担惊受怕，求老和尚设法救出了你。

"老和尚道：'你这话说得很容易，真把老僧当作是活佛了。凭老僧这一点儿道法，怎好和他们白莲教为难？但这类邪教，终有摧残扑灭的，老僧才给他一个葫芦，没有缘分，老僧纵想设法救他，是救不来的。还好，那史勇虽入了白莲教，在江湖上做出许多的歹事来，犁牛有子，幸生得男女二人，为白莲教的大敌，将来可帮助苗星立成大功。不过苗星这一次出死入生，却亏得老僧这个葫芦。'

"我听完这话，不由喜出望外，晓得老和尚道力不薄，他的葫芦便是一件法宝。就想去会一会苗爷，将苗爷带来，先将这法宝藏在身边。无奈老和尚不许我去向苗爷多讲说，这是天机，万一泄露出来，你就该死定了。难得苗爷前来收了老和尚的葫芦，苗爷听我这话，还敢小觑老和尚吗？还敢小觑这法宝吗？"

苗星道："据你说这番话，很有点儿道理。我想老和尚当初在我阜宁大王庙的时候，都知道他是个清苦焚修的高僧，想不着他如今云游到湖北来，道力却这样大得骇人。他既然授我法宝，等到极危难的时候，自然要借重他的法宝一用。"

说着，便别了花豹，到史家村上，迎面见史勇同一个四十上下奇怪装束的人从大门里走出来。苗星心里一跳，疑心这人便是彭天球了。却见史勇笑容满面地问他打哪里回来。苗星看是不曾识破的神气，才放下心来，支吾回答过去，仍然转到房中。

史珠兰见苗星回来了，说："你可把我的话向我父亲说过没有？"

苗星且不答她，转将老和尚的话告知史珠兰。

珠兰急道："这个头上没有毛的老东西，红口白舌地讲的什么倒头经？你依着我昨夜向你所说的话，快去向我父亲说，说迟了，怕他到四川去。他却不怕你逃到什么地方，总能掐着两个指头，算着你逃到哪个地方去。那秃贼的小小葫芦果是一件法宝，他有这

103

法宝，随便怎样都可以下我父亲的手，却把这法宝送给你使用，又为什么？果然他的法宝算有些灵验，你仗着法宝不离身，就到我父亲那里讲几句话，你又怕什么呢？"

苗星听珠兰说完这话，也像煞很有点儿道理，便趁这时机转到厅上，看史勇已送客回来，坐在厅上吃旱烟。苗星看史鼎也站在一边，拜见一番，即将珠兰说的话依样葫芦说了一遍，说时，触动自己的心弦，两眼不由流下泪来。

史鼎在旁扭头道："奇呀！姐夫出外多年，也没有想起个老娘来，回家探望一番，如何今天一想到老娘，你便这样着急？譬如你此时不想起老娘来，你还不是安心住在我家，同我们姊弟也有说也有笑地快乐？"

苗星听他驳的这番话，也不禁破涕说道："真的，我不想起老娘来，我也不要同珠妹回去探望一番，我想起了老娘，就要立刻回去。看见我娘，仿佛已到我娘身旁身边，亲亲热热叫她老人家一声娘了。"

史勇吸旱烟自若，笑道："好，好，鼎儿不用在此纠缠他吧，凡人的良心都是随感即发，在未曾感发的时候，静如止水，动也不动，一经感发起来，要遏止它也遏止不住。他在先同你们在一处谈笑，却不曾想起他的老娘，也就随缘度日。如今他的心已飞到他老娘的身边了，勉强留他在这里，他心里总是不安。"

说至此，急匆匆地抽了一口烟，才提起精神，笑向苗星道："贤婿要带珠儿回去，我是极喜欢的，不但贤婿想见令堂大人一面，珠儿也没有不回去拜识姑嫜的道理。你们夫妻打算何日动身？我来敬你们一杯水酒。"

苗星听罢，真个喜出望外，心想：月朗老和尚的道法真不灵了，他送给我那个葫芦，有什么用处？一面想，一面便向史勇笑道："怎敢劳动你老人家送酒？我打算就在明天一早动身。"

史勇又带笑说道："好，好！"

苗星便退出厅外，转去将史勇说的这话对珠兰仔细说了。

珠兰听毕，咬牙切齿一会儿，唉声叹气一会儿，那两条珠泪直由眼角挂到唇边。苗星看他的神气不对，问是什么话。

珠兰且不答他，又叹了一声道："我父亲的心肠狠毒，怎么就狠毒到这样地步？"

苗星道："你父亲不是亲口放我们回去吗？这话又从哪里说起？"

珠兰咽泪道："你哪里知道白莲教的黑话？你去向我父亲说的时候，我父亲若是怒容满面，大骂我们忘恩背义，叫我们滚开去，不到史家门上来，倒还没事。如今他越对你客气，越是不怀好意。他说要敬我们一杯水酒，你看这敬酒是好意吗？白莲教的人要这人的性命，若用强迫的功夫，随便用什么法力去伤害你，你总逃不了的。如果你扁扁伏伏听他摆布，却用不着强迫的功夫，一杯水酒便了你的账。这酒里并不用毒药，并且也不是寻常所吃的酒，这酒名为销魂酒，利用白莲教的销魂妙药，浸入酒中，日久与之俱化。你吃了销魂酒，真魂便脱离躯壳，任你有多大的本领，请问没有魂的人如何能活？"

苗星这才吓了一跳，不由想起月朗老和尚那葫芦来。

欲知后事如何，且俟十回再写。

总评：

　　花豹亦是妙人，以之副苗星益生色矣。此文回写花豹，正为下文极写苗星也。作者之腕底云烟，无一非胸中丘壑。

　　救戴姓女一事，实为文字之斗榫，盖无其事则苗星无由奔赴湖北，无由奔赴湖北，则无由与月朗、珠兰邂逅，则又无由得扑灭白莲教之线索。月朗为苗星方内第一知己，珠兰为苗星阃内第一知己。其写花豹，无一非写月朗，写史勇、史鼎，无一非写史珠兰，确有手挥五弦、目送飞鸿之妙。

第十回

老教士推情全骨肉
小豪杰冒险鼓风波

话说史珠兰对苗星哭诉了一阵，见他在那里一言不发。原来苗星正想起月朗老和尚那葫芦来，这回已算到了极危险的时候，好在我是束手无策的，老和尚的法宝便不灵，不能算他误我的事。想着，即从身边取出那小小葫芦来。但听珠兰说他父亲的邪术大得骇人，看这小小葫芦未必便能救脱两人性命，心中不由得有些害怕。

珠兰眼见苗星只顾呆呆望着葫芦出神，便顺手将那葫芦夺过来，放在梳妆台上，一拳把葫芦打得碎了，说道："这些和尚、道士，吹牛皮也不是这样的吹法。我看这葫芦里有甚法宝，能伤害人的性命?"

苗星见了，要拦也拦不及，本想在史勇进酒的时候，亲自把葫芦打碎，放出葫芦的法宝，和史勇拼试一下。如今见珠兰已打碎葫芦，并没有放出什么法宝来，越发惊惧万分，便将打碎的葫芦放在手中，又拍了一巴掌，就将那葫芦拍得粉碎，把片片的碎葫芦放在掌心，不禁流泪说道:"老和尚骗我了!"

口里是这么叽咕着，眼里仍望着那片碎葫芦出神。忽然被他看出一个门路来了，却是一片碎葫芦黏着半寸多长半分多圆的纸捻，因那纸捻是软的，没有被他拍碎。仔细放开纸捻，看上面写着横一路竖一路的蝇头小字。苗星虽然不曾多读书史，普通字也认识不少，那纸捻上的字迹，苗星都还认得，并且是说的白话，没有斯斯文文的字眼儿。

苗星看了一遍，不由恍然大悟，把那字卷向珠兰手里一塞说:"妹妹，你瞧瞧这可是一件法宝?"

珠兰道:"你别再疑神疑鬼的，这上面的字迹是写的什么? 你不妨念给我听。"

苗星便咬着珠兰的耳朵，唧唧哝哝说了一大篇。

珠兰道:"我们且借着这法宝用一用，看是效验怎样。"

谁知这样法宝，真比《西游记》上孙行者的金箍棒、《封神传》上广成子的翻天印还来得变幻不测。

不表苗星和珠兰二人使用那法宝的神通，再说史勇次日起床，盥洗已毕，便把史鼎唤上来，说："你姐夫、姐姐打算今日动身回阜宁去，你且将他们请到厅前，我来送敬他们一杯水酒。"

史鼎佯问道："爸爸平时还是喜欢女儿，还是喜欢儿子？"

史勇听史鼎问到这里，只当作他是一时的娇惯的话，便脱口而出地说道："大丫头，我平时也是疼爱她的，但她终究生是苗家的人，死是苗家的鬼，所以我疼爱她的心肠及不上疼爱我肉。"

史鼎道："爸爸真个是疼爱我，比疼爱姐姐更加倍爱吗？"

史勇道："好心肝，你放心去请你姐夫、姐姐好了，你是我家什么人？若不是你，在你母亲临逝的时候，我早就削去头发做和尚了。"

史鼎道："爸爸疼爱我，是看在我死过老娘分上，我娘只生下姊弟二人，儿子、女儿有什么分别？好女婿要比儿子还好。"

史勇听他话里大有蹊跷，转而正色说道："我叫你将姐夫、姐姐请来，你说些什么？"

史鼎听罢，不敢再说下去。他虽是个童年的孩子，性情举动之间，不类寻常小儿。一会儿将苗星、珠兰带到厅上。

史勇看苗星、珠兰都是满面泪容，心里一时思想过来，却又不忍，忽然又转想过来一想，便叫史鼎快令小厮们烫酒上来。

史鼎回道："且住！"边说边一手握住珠兰，一手握住苗星，扑通跪在史勇面前，那眼泪就同撒豆子般撒个不住，说："爸爸，你平时也喜欢姐夫的，喜欢姐夫的心不及喜欢姐姐，喜欢姐姐的心又不及喜欢你儿子。就不明白，儿子、女儿、女婿是一样的，我们三个人已合成一条心。爸爸平时喜欢姐姐，喜欢姐夫，今天就想杀害姐姐、姐夫两个，爸爸平时喜欢哪一个就杀哪一个，爸爸平时喜欢我，还比喜欢姐姐、姐夫更来得亲近，就得先杀了孩儿，后杀姐姐、姐夫，用不着什么销魂酒。姐姐、姐夫死了，孩儿也不愿独生了。爸爸既不看姐夫，也该看姐姐分上；不看姐姐，也该看做儿子分上；不看做儿子分上，也该看死过老娘分上。爸爸却要敬送姐姐、姐夫一杯销魂酒。孩儿却不懂得什么白莲教、红莲教，孩儿早知爸爸入了白莲教，就得早死在爸爸面前，用不着爸爸动手了。爸爸入了白莲教，便杀灭全家的人，我不懂得，你的心肠竟是这样毒辣。"说罢，泪如雨下，任是铁石人见了，也不由凄然心动。

史勇且不答他，特向苗星说道："我原是爱惜你武艺好，招你来家做女婿，又喜你相貌出众，想拉你在我们白莲教里做帮手，奈一月来看你说话时的神态，铁心肠有你这般坚硬吗？我家的底蕴，大略你知道是不少，你说要走，这必是大丫头在你跟前饶舌。你同我心地相合，必不走，走的必不相合，万一将我的秘密给外人知道，那还了得吗？我只有先下手了你的账。大丫头是我自己生的，我就看在鼎儿分上，看在她死过娘的分上，且寄下她这性命来。你以为请我鼎儿给你出面求情就行了吗？我怕是没有这般容易。你有一手的好本领，不妨来斗一斗我这老东西，一般也逃出我的掌心，未可预料。若是漂亮些，就用不着在我面前献丑，赶快饮我那杯水酒，你须怪不得我心肠狠毒。"

苗星听完这话，在他平时的火性，哪里按屈得下，无如他的心已印上珠兰的一颗心了，又依着月朗老和尚葫芦的妙计，在先将史鼎说活了，照着老和尚纸卷写的话，请史鼎接鼓就班地一步一步地向前做去，也只听史勇在那里数落了一阵，一句也不回答。

史鼎又向他父亲叩头哭道："爸爸是疼爱儿子、女儿的，爸爸能容我姐姐不死，就不能容得姐夫一人？却叫姐姐终身依靠何人？爸爸还是赶快杀了儿子和姐姐的好。"

史勇道："鼎儿既一味地来替他说话，这真叫我为难极了。也罢，我就再看在鼎儿的分上，饶恕了他这一遭。我却不许他走泄我的秘密，还要他服服帖帖地做个帮手，你这命根才保得住。"

史鼎听罢，也就得帆便转，便同苗星、珠兰谢过不杀之恩。却依着月朗老和尚葫芦中的妙计，再做第二步办法，遂一齐退出厅外。

当日无话。来日，史勇还未起身，便由服侍史鼎的那个小童奔到史勇窗下，直着喉咙叫道："老主人快起快起，不好了……"

史勇猛听这话，怕是外间出了怎么变故，倏地捌起身躯，向那小童发问道："什么事跑到此地来，这样大惊小怪？可是哪里反了兵马杀来吗？"

那小童又急道："小主人性命危在呼吸，请你老人家快去救救他，迟则怕来不及了。"

史勇还未及回答，又听得一阵人声，东窗外吵嚷着说："不好了，不好了，小主人的性命正滑在西瓜皮上，一跌就是个粉碎。"

史勇来不及穿衣服，仅披了外面一件长衫，听大门外更是吵嚷得厉害，只得如龙地走到门外一看。只见场上一叠一叠的石担，大大小小，约有四五十个，拢共叠起来有五六丈高。石担下面，周围都排列着许多的石锁，有些栗栗不安的样子。最高的石担上有两个人扶着一丈多高的一块木头，却是苗星、珠兰二人在那里大哭，这许多的石担却也仗着他们的功夫法力，不致便倒塌下来。木头上精光光地缚着一个孩子，史勇凝神一看，原来就是史鼎。

史鼎只松着右手，不曾缚住，却握着一把锋快的钢刀。那绳子便系在木头上层，把刀拦在绳子中间，要割断下来。苗星、珠兰只喊："使不得，使不得！"

还有数十个童仆都惊得前来，也说："使不得，使不得！"

却把史勇也急坏了。

史鼎见他父亲来了，便在上面高叫道："爸爸听准了，昨天孩儿给姐夫、姐姐求情，蒙你老人家开一面仁人的网，赦免了他们。但孩儿和姐夫、姐姐是一样的心路，很不愿爸爸帮助彭天球，在白莲教里再干出许多歹事来。爸爸既不肯打脱白莲教的关系，姐夫、姐姐仍然是一条死路，孩儿岂忍独生？此时实在没有法子，还望爸爸看在孩儿死过老娘分上，可怜孩儿命在须臾，承认孩儿的话，帮助姐夫、姐姐扑灭了白莲教。如若爸爸有半字为难，不拘怎样，孩儿这性命便交给爸爸了，就立刻拿这钢刀把绳子割断，一头倒撞下来，便是粉身碎骨，那时看爸爸再有什么推托，如何对得起我死过的老娘。"

史鼎的话才说完，苗星、珠兰又哭叫道："兄弟不用性急，我们死了，有你侍奉堂上，有什么要紧？"

下面站着的童仆也一齐叫道："小主人不用性急，老太爷在白莲教不在白莲教，有什么要紧？"

史勇只吓得仓皇无措，也仰头高声叫道："鼎儿，这件事叫为父如何承认?"

"认"字才说出口,史鼎又不禁叫一声:"爸爸好忍心也!"

那把刀便将那三股麻绳割了一股,接着下面苗星、珠兰和众人都怪嚷起来。

史勇便泼命地呐声叫道:"鼎儿快些下来下来,好好下来,我们父子自有一个计较。"

这话才说完,史鼎又一刀割断第二股绳子,只有一股系在木头上面,史鼎的性命真个危在呼吸。那一派哭声就同排山倒岳的一样。

苗星在上面大声求道:"丈人怎忍心叫鼎弟死于非命?"

珠兰也大声求道:"爸爸怎忍心兄弟死于非命?"

那一班童仆,他们一般也是白莲教的信徒,本不愿史勇和白莲教脱离关系,但他们都受过史家的大恩,眼看史家父子生死要拆散开来,也就不禁一齐向史勇跪下,极口哀呼。

史勇虽陷入白莲教中,受了白莲教的邪毒,但父子有天性,他爱儿子的心肠更比爱女儿大得几倍。就因爱惜这个儿子,也就顾不得什么白莲教、红莲教,看他们这样的神情，真算得间不容发，也不禁怦然心动，洒下几点泪来，向上面拼命地叫道："我的心肝肉儿，好好地下来吧，什么话为父都承认了。"

史鼎听了又叫道："爸爸你骗了我，迟早我也是一死。"

史勇道："鼎儿放宽了心吧，为父可不是个猪狗，就算为父一切都知罪了，儿子、女儿、女婿总是一样，好女婿可比我的儿子还好。"说毕，那虎泪滔滔又流个不住。

史鼎才破涕大笑，立刻珠兰便接得史鼎的刀，仍把那木头紧紧抱住。苗星一跃上了木梢头，将那绳子轻轻解放。史鼎展动手脚，同他姐夫、姐姐，便在上面滑落下来。

苗星赶先走到史勇身边，说："这是小婿开罪丈人，求丈人怜宥小婿这一点苦衷吧！"接着史鼎、珠兰又前来向史勇叩头。

史勇忙将他们扶得起来，又用两手紧紧执住苗星、史鼎的手，咽泪说道："我有这般好女婿、好女儿、好儿子，人心是肉做的，我还信得什么白莲教？便连那没本钱的买卖，我也洗手不做了，哪怕我有这力量，能帮助你们除去白莲教，也算补报我以前的罪过。"说着，便同苗星、珠兰、史鼎一齐走到厅上。

这里史家童仆却给他们把石担搬下来，仍移放原处。就中有人佩服史鼎的语气动人，有人说是苗星的智计出众，哪里知是月朗老和尚的法宝，使出来的小小神通，功力竟大得不可思议。

那时史勇回到厅上，穿齐了衣服，便吩咐家里用的童仆一齐到厅上来。史勇令他们各自站立两旁，取出符札百魂幡之类，都放在火中烧了，并令那一班童仆各交出白莲教所用的纸人、纸马、纸鸟等件，也就一齐送到火星菩萨面前去了。

这时候，不防有一个人走得进来，苗星一看，便知是前日同史勇并肩走出大门的一人，手里提着一个革囊，疑惑他便是白莲教里的彭天球，装束十分奇怪，表示他是白莲教的信徒。可惜他脸上的一块剑痕实在生得太促狭了，高高地把他上唇吊起，两个闪闪灼灼的眼睛，火一般露出凶光来，使人一望而知，他不是个善良之辈。

那人走得进来，便笑向史勇说道："史兄可知兄弟昨夜到阜宁去，已结果了沈虎林那厮了。"

苗星听说自己的舅父被他结果，可不禁心酸一阵，扑簌簌眼泪流将下来。

欲知后事如何，且听十一回再写。

总评：

前回写葫芦之如何诡谲，正是欲衬出此回写葫芦之如何神奇，故写刀光剑影之小说易，云翻雨覆之小说难。盖其光怪陆离，剑血满纸，亦不过写得热闹而已。若夫不费一刀，不使一剑，而反祸为福，转敌为亲，在水尽山穷之时，竟使天伦真情从笔端涌泄而出，何物葫芦，且有此不可思议之功力，岂作者故美狡狯欤？抑亦天壤间果有其事欤？

史勇之行径诡诳，然亦是性情中人，故月朗之葫芦，得以收获奇效也。一旦幡然改悔，乃能辅苗星以平教匪，誓修此志坚忍不挠，凌烟图绘之功臣，谁非前日之劲敌耶？

彭天球结果沈虎林一事，以呼应第三回文字，文情如荼如火，闪烁有神。

第十一回

见人头苗侠哭灵
劫监狱史勇救友

话说苗星猛然听得自己的舅父沈虎林被那人结果了，不由扑簌簌地眼泪流落下来。依他那时性起，就要进前同那人拼杀一下。但因疑那人便是彭天球，怕他们白莲教的法力高强，却不敢鲁莽动手，只好把心气平一平，且看史勇是如何的表示。

史勇似乎也明白那人到阜宁去，杀了郓城大侠沈虎林，却不知苗星便是沈虎林的外甥，眼看那人谈说结果沈虎林的事件，快活得写不出画不出。那人越是快活得写不出画不出，那边苗星伤恼的神气也越跟着写不出画不出。

史勇这时也猜出苗星同沈虎林大有攸关，暗暗向他飞了一个眼色，意思是禁止他不用激烈。苗星这一肚皮的怨毒之气，却没有发泄处。

　　那史家的童仆都因为厅上有人到来，何况这又是白莲教的首领，真觉得立也不是，走也不是。

　　史勇便向他们喝一声道："贵人到来，你们这些囚攘养的，不知回避，好没有规矩。都给我赶急滚到外面去！"

　　那些童仆听了，也就一齐溜出厅外去了。

　　苗星又看那人说笑的时间，便从革囊里取出一颗人头来，向史勇道："史兄，你看这东西厉害不厉害？死了也瞪着两个眼睛看我，不是我肚皮里有几句春秋，倒险些又被他栽一个跟斗。"

　　苗星一眼看那人头，须发交而血模糊，两个眼睛勒得同两个铁球相似，又不禁心酸泪落。这时候再也按捺不住，便一步蹿得上前，似乎背后有人将他衣袖紧紧拉住。苗星回头一看，见是珠兰，哪里还顾得许多，便一把摔却珠兰的手，上前抢过人头，哭了一声："舅父的阴灵不远！"

　　说也奇怪，那人头在苗星一声哭出来的时候，瞪着的两个铁球似的眼球不禁紧紧闭起来。

那人在先和史勇谈笑着，忽看苗星在那里流泪，如今却见他蹿得上来，冷不防抢了那颗人头，又哭了一声："舅父的阴灵不远！"便向史勇冷笑道："史兄你好，你有这么一个好女婿，也可给他的舅父报仇了。我不怕他这白眉毛大鼻子的角色，大略他是没有三颗头、六条臂膊，史兄若不惩治他，就得由我亲自动手，摘下他这个脑袋瓜子，史兄也就休怪我们同教中人不讲交情。"

史勇看那人说完这话，一时神色俱厉，本想乘他不防，准备着一壶酒、八碟菜，将他劝得醉醺醺的，不拘他有天大的本领，随便怎样，都可了他的账。却被苗星一时按捺不下，把事情反弄糟了，便也向那人冷冷地笑道："好大的威风，我劝你不要使尽了嘛！什么白莲教、红莲教中的尊卑名分，只可哄骗那些无知无识的孩子们，却吓不得我。我老实对你讲，我这时已不在你们白莲教了，此地是湖北省，并不变成作四川省，你硬来同我不讲交情，你是个强龙，不妨来斗一斗我这地头蛇，好显显你的面子。这是你硬要同我的家人骨肉生疏，看你是有几颗头、几条臂膊，敢在这里放屁！"

那人听罢，并不生气，只又向史勇笑了一声道："不错，此地是湖北省，不是四川省，你是主，我是客，强龙不斗你这地头蛇，我仍看在平时的交情分上，只得让你一脚。如果你两条腿有一条腿岔到四川境内，我就和你不能客气，那时你就休怪我不讲交情。"

一面说，一面又向苗星笑道："你这小子，死了烧成灰我都认得。你可知我这是和你丈人讲交情的，看他将来再在白莲教干事，且寄下你这颗头来。"

苗星方欲想凭自己的功夫，同那人拼个死活，难得史勇在他面前，已不承认是白莲教的信徒。苗星仗着史勇是要帮助自己的，决心要给自己舅父报仇的志愿已如弓在弦上，有不得不发之势，谁知一眨眼的工夫，那人已去得不见踪迹。苗星、史鼎都暗暗诧异。

史鼎道："这东西莫非钻入土里去吗？"

珠兰在旁说道："他不是借着土遁逃走是什么呢？"

史勇便向苗星说道："你知这东西是谁？"

苗星道："他可是姓彭？"

史勇接着说道："不是彭天球还是哪个！"

苗星道："丈人的法力，看是可以吃得住他，丈人既脱离白莲教，且要扑灭了白莲教，怎么容容易易地放他逃走呢？我想丈人早晨向鼎弟说的那一番话却是假的。"

史鼎也在旁说道："爸爸既准许孩儿的话，却有些靠不住了，可知爸爸是哄骗孩儿的，那么孩儿也唯有一死。"

史勇听罢，且不答他，便向苗星道："我这点点的法力，实在吃不住那东西，他这回让我一脚，其中却也有一个缘故。你且将你舅父的首级包裹起来，送到后厅去，回来我告诉你。"

苗星同史鼎听完这话，都现出不相信的神气。

珠兰道："苗郎和兄弟疑惑爸爸的话是假的吗？这其中的缘故，我也明白。苗郎且去把舅父的首级收好回来，自有一个水落石出。"

苗星这才把沈虎林首级拎到后厅，放在神案上面，点起了大香大烛，伏在案前叩了一个头，呜咽着哭道："舅父的魂灵有知，凭甥儿能够给我舅父报仇，扑灭了四川白莲教，你老人家不妨开颜一笑。万一甥儿不能扑灭四川白莲教，给我舅父报仇，孩儿也拿这性命到四川去拼一下，那么舅父当在泉下等甥儿了。"

说了一会儿，又伏在那里哭了一会儿。起身来看沈虎林的首级，好奇怪，果然见他须发已张，露出满面的笑容来。一时笑容已敛，苗星便从自己房里取了一个包袱，且将那人头一包打起，也不安放在什么地方，竟系在肩上，走到厅前。却听史勇正同史鼎、珠兰讲说彭天球的那个缘故。苗星且把包袱放下，听他们谈说一会儿。

在下因为这个缘故，关于史勇当初入白莲教的问题，也就是将来苗星扑灭白莲教的一种关键，要在这里补叙一笔，却仍在史勇身上说起。

原来史勇是湖北黄冈史遽的儿子。据说史遽是个当教头的出身，颇能洗心尽职，得上官的欢喜。史遽的意思，以为那时湖北是个勇悍的地方，唯有黄冈颇多文人，一般人都重文轻武，就有许多的外县江洋大盗到黄冈来作案，若不严加捕缉，将来的盗案必然层出不穷。所以他仗着一身的好武艺，在黄冈充当教头，不拘哪里外府外县的强盗，任他本领如何好，化装得如何精奇，一旦落到史遽的眼角落里，有这经

125

验，能看出是个强盗，总要冒险将这强盗拿获破案，由此黄冈盗患也就日趋平静。

谁知史逵死后，他儿子史勇武艺也很高强，但心胸志趣却迥乎与史逵不同。史勇常说，一个人学会武艺是一件很难的事，就该使用不会武艺的人在衙门当教头，是有武艺人反受那些拖翎子穿补服没武艺的人使用，这又何苦来呢？如果学会了武艺，闲得没有事做，就不如斩斩截截做个强盗，一般也盗取那些没武艺人的东西、没武艺人的钱财使用。做强盗怕什么？眼见现在的官吏，有几个不是强盗？他动了这个做强盗的念头，就把做强盗当作一件好买卖。有时把盗来的金珠财物一半留为自己使用，一半却花在穷苦人身去，所以江湖上人送他一个诨号，唤作千里侠史勇。

史勇在江湖上混了半辈子，他的名儿就一天一天地大起来了。有许多不值价的强盗，在外省外府犯了案，被官里追捕得紧急，不能安生，投到史勇那里，求史勇设法保护。史勇都是一口答应，将他们窝藏在家。好在他不曾在本地做过案件，官吏也不敢无故和他为难。他看这些小强盗本领虽及不上他的本领，但做强盗的手段比他来得毒辣，便将他们收在身边，当作童仆一般使用，却同他们立了几条口头告诫。他说："我的意思，是因为生得这副铜筋铁骨，不做强盗，便要闲得没事做，没饭吃，没衣穿，不能养活妻儿子女，却专行劫取强盗官吏的钱财，一般也在穷苦小百姓身上造福。除非遇到真和我们作对的捕役，我们不得饶他。至于本县各乡庄各市镇的居民，丝毫不许骚扰。还有几句粗蠢话，越发同你们交代了吧。凡有无故乱动良家一草一木的杀头，奸淫妇女做红刀子案的杀头，私吞公款的杀头，遇事不前进的杀头，轻易走漏我秘密消息的杀头，在我跟前飞短流长、诬栽同事弟兄的杀头，违背我命令的杀头，不守我规矩的杀头。"左一句杀头，右一句杀头，直说了一大篇。

那些强盗有干犯他所订立几条口头告诫的，真个拖出来杀头。那死者虽然觉得杀头是一件很惨的事，但丝毫也不怨望。有时那些强盗在外省外府犯了案，吃官里拿住，便打死他也不肯招出是黄冈史勇的盗伙。还有几个精灵盗伙，违了史勇的口头告诫，背地里曾苦求史勇的妻子，求她向史勇说情。史勇看这些盗伙可以杀可以不杀，欲要不杀他们，却又不能把自己口头告诫当作放几个屁；欲要杀了他们，又实拗不过他夫人的情面。思来想去，只得暂饶恕他们是个初犯，再犯也只有杀头，没有丝毫的游移了。有时那些强盗虽违犯史勇口头的告诫，被史勇察觉了，情愿回到史家村上杀头，便打死他也不肯逃到别处去。

后来史勇的妻子死了，史勇的告诫益发雷厉风行，便是一班未曾犯罪的精灵盗伙，也不敢再做下杀头的罪。国家的王法尊严，那时候却赶不上一个盗首。

史勇有一个朋友，这朋友便是本回书中所说的那个彭天球。史勇听说彭天球犯案被拿，只在家里流泪。

那时珠兰年纪尚小，也在史勇跟前练武艺，见史勇满面泪容，问："爸爸哭的什么？敢自想起儿的老娘来了？"

史勇道："我有一个朋友，下在狱里，我早想去救他，无如那朋友不听我的忠告，和我们意思有些反对，所以我不愿救他。但想起平日的交情，便不禁洒了几点眼泪。"

珠兰问道："爸爸那朋友在什么地方犯案？下在哪个狱里？"

史勇道："在汉阳犯的案，下在武昌狱里。"

珠兰道："这人是犯的什么案？本领和爸爸怎样？"

史勇道："他同我做的是一样买卖，本领却也不弱。这回失了脚，也算他自己太不小心了。"

珠兰道："我料这人的本领纵好，也及不上爸爸。如果他有爸爸这一手好本领，无论官里拿他不着，就是不幸失了脚，吃官里拿住，难不成他要赖在监狱里等死吗？"

史勇道："他在绿林中是个新水子（初做强盗称新水子），但本领不在我下。我学的是硬功夫，他学的大半是软功夫，硬功夫才可以翻监越狱，软功夫无非是驱神役鬼的魔术。监狱中的狱神权力极大，任凭你有多大的软功夫，一落到狱神手里，监守着你，有法术也施展不出了。"

珠兰道："这人既是爸爸的好朋友，当然要去救他出来，爸爸心里才过得去。做强盗有几个不滑脚的？孩儿说一句不懂人事的话，爸爸的朋友滑了脚，爸爸不去救他，不幸爸爸无意滑了脚，更有什么朋友去救爸爸呢？"

史勇听罢，踟蹰了半晌，说："珠儿，我去把他救出来好了。"

当夜史勇便向武昌进发，果然人不知鬼不觉地把彭天球从武昌监狱里解救出来，并劝他以后吃绿林中饭，要谨守绿林中的规矩。彭天球也连声诺诺，就此和史勇撒手回到四川去，入了白莲教。

这日，史勇兀自坐在厅上，忽见史鼎匆匆前来告道："外面有一个奇怪模样的人，要从大门走进。他说是爸爸的朋友彭天球，有话要来同爸爸商量。"

史勇听说彭天球到来，忙走出来一看，不禁暗吃一惊。

欲知后事如何，且俟十二回再写。

总评：

苗星身陷盗窟，竟以珠兰故，不惜含羞忍愤，屈膝史勇之前。乃一见沈虎林之首级，竟不能复忍，欲得仇人而甘心焉，非忍于前而不能忍于后也，英雄豪杰之笃于天性人伦，在前固不能不忍，在后却又忍无可忍，谁令令之，谁使使之，盖其间有真情存焉。文笔犀利无匹，入木三分。

豪杰心胸，各有不同。史逵为教头，是一副心胸；史勇为强盗，又是一副心胸。虽以史逵为父，而不能说其子不为强盗；虽以史勇为子，而不能说其父不为教头，亦各从其志而已。

史勇固一浊世之侠盗也，乃不幸失身邪教，竟不克自拔，非有爱儿、佳婿，其结果将不忍言。史鼎能谏史勇脱离邪教，史勇不能矫史逵不为教头，文情颇中肯綮。

第十二回

莲花生妙法魔术偏工
母子得相逢伤心如醉

话说史勇当和彭天球相见之下，看天球头戴一顶乾三连、坤六断式的高檐暖帽，脚踏金木水火土五星式的薄底乌靴，身穿一件紫红色的道袍，上绣着一朵一朵的白莲花，外罩一件青天色的马甲，胸前镶着一个红红的太阳，胸后镶着一个圆圆的月亮。这种奇奇怪怪的装束，便在戏台上也没有见过。史勇暗暗惊异，且将天球邀到厅上。

史鼎每见他父亲的朋友到来，照例要拜见一番，但看天球的相貌既凶恶，装束又讨厌，早趁势溜回他姐姐房里去了。

史勇同天球二人当分宾主坐定，史勇便叫一声："来人！"即有一个童仆应声而至，手里托着两个茶盘，送到他们面前。却因他们宾主要吃茶谈心，那童仆很是知趣，便站在大厅门外，防史勇再有使唤。

　　茶话时间，天球便向史勇低声笑道："兄弟早就想到史兄这里请安，实在因教里的事务忙得很，好容易才抽出工夫来到史兄这里，请史兄入我们白莲教，大家同心协力，做出一番惊天动地的事业，好名彪千古。不瞒史兄说，兄弟新近便从四川来的，因为四川峨眉山上有一个白莲圣母，在那里传播白莲教宗，要拉兄弟到白莲教里干事。兄弟看现今绿林的买卖也没有什么趣味了，兄弟也学得点点的软硬功夫，老是东飘西荡，浪迹江湖，也不是个长策。大丈夫不能做出一番事业，徒负着这七尺身躯，不是枉生在世界上了？所以兄弟一心一意做了白莲教的信徒，很受白莲教主的栽培，竟将四川白莲教的全权交给兄弟一人去办理。史兄如若有心到这个去处，不但可以兴家立业，而且能享尽人间无穷的福。史兄如允许我肯去，兄弟便在白莲圣母面前，给史兄介绍。"

　　史勇道："承你的情义，把我当作个老朋友，请

133

我到白莲教去。但不知那白莲圣母是个什么人，要创设这白莲宗教，是干什么事的？"

天球听了，便大笑，向史勇道："史兄你试想想看，我们这中国不是我们中国人的中国吗？怎的现今就变成满洲人的中国？就因当初满洲人把我们中国的大好河山生吞活剥地掠夺去了，竟使我们中国的有本领人处处都受满洲人的压迫，连像我们这些不会拍马屁的，若不做绿林买卖，虽有这一些把式，连一个糊涂的生机都没有了。他们的满洲人，只要会谙一些刀法枪法，做我们徒弟的资格还不够，一般也是骑马坐轿地做起官儿来。我们既在中国做一个人，谁不想把这偌大的山河从满洲人手里再夺了回来，让给我们享用享用？我们白莲圣母确是中国的一个豪杰，又谙习得种种法术，借着一朵莲花，便可以飞上九霄云去，用一张芦席，即能渡过江来。她有的是纸人、纸马、纸刀、纸枪，可是作法使用起来，比清营里的兵卒所使用的真刀真枪还加倍厉害。她的白莲教神课又复灵验非常，画一道符，念一个咒语，就可以处置人的死命。白莲圣母有这么大的法术，想纠集海内的英雄豪杰，齐打伙儿，把满洲人驱逐出关，把中国的土地仍给我们中国人享用，借着传播教宗的名目，实行她胸中的奇谋大计。有朝一日，我们白莲教的信徒共举大义，一齐打到北京，驱逐那皇帝老子滚蛋，这才好耍子呢！"

史勇笑道："你倒说得这样容易，满洲人的势力固然不易铲除，这中国的大好河山又不是我们几个做强盗的所能拼转过来。不瞒老兄说，兄弟小时候有一种怪性，见地方上不公平的事到处皆有，有时遇着乡间的父老，便问：'现今在北京做皇帝的是甚样子人？'

"父老便告诉我说：'那皇帝是关外的满洲人，在五十年前，他们满洲人带兵入关，硬夺软骗就占据了我们汉人的中国，以后凡是国家的大事，总归入他们满洲人的掌握了。他们满洲人杀戮中国豪杰的手段，压制中国人民的法子，都被他们用尽了，哪里容得我们中国人同他抵抗？'

"我当时不听这话便罢，一听这话，立刻急得暴跳起来，忙向那一班父老问道：'怪极怪极，我就不相信当初我们中国人一个个都是饭桶不成？满洲人有这手段来杀戮我们、压制我们，我们就没有这手段去

抵抗他们、驱逐他们，这是什么道理?'

"那一班父老听了，不由都叹了一声道:'那时候何尝没有不服气的英雄义士出来同他们拼命一战，无如满洲人的气数正隆，凡是出头抵抗的，总没有一个人可以成功。满洲人就格外防闲，待我们中国人格外恶毒。'

"我那时越听越怒，就想同他们满洲人誓不两立了，打算放着我史勇不死，都要叫那些囚攘养的满洲人认得我的手段。谁知这句话也不过是说说罢了，直到现今，大清国还是个大清国，我们还是做我们的强盗，究是怎样地能奈何他们，还不咽下那满肚皮的乌气?

"据老兄说起来，白莲圣母虽有那么大的法术，恐怕不能争回这已定的天数，我们又何必多吃这番辛苦呢?"

天球道:"史兄不妨去会一会我们白莲圣母，如果史兄不肯归入我们白莲教，兄弟却不勉强。"

史勇听罢，便学那顽石点一点头，款留天球吃过午饭，当日夜间，便随天球到四川峨眉山去会一会那个白莲圣母。直到两月的工夫，方才回来。

说来很是奇怪，史勇自从四川回来的时候，好像他已被白莲教圣母迷得住了，一改变当初侠盗的态度，仗着学习些白莲教的妖术，且不把国家的大仇放在心坎，反把那种种妖术传给家里的盗伙，自然珠兰也习得那些妖术的作用。史勇从此做强盗的门径却用不着明火执仗去盗劫人家的金珠财物，竟使用他们白莲教的神通，一股拢将人家所储蓄的金珠财宝搬运来家。这人家受了倾家破产的祸，都是门不开户不破的，连来由都不知道，只各人埋怨各人运道不济，才遇到这种飞来的祸。史勇却把那些金珠财物拿来供自己的挥霍，真个是取之无穷，用之不竭，心里不由得十二分痛快。

　　这番彭天球又到史勇家里来，和史勇商量，请他在湖北地方，纠合党羽，传播白莲教宗。史勇自然是一口答应。

　　天球却想起个沈虎林来，便对史勇说，要去结果了沈虎林。史勇略略劝他一番，也就罢了。想不到天球到阜宁去，把沈虎林结果了，再转到史家村来，史勇已被他儿子史鼎的一颗换心丹，把他这颗心换转回来，不但不做白莲教的信徒，反而变作白莲教的劲敌。

天球本来是忍耐不住，却因史勇当初将他在武昌监狱里救得出来，也就不用向他厮缠，借着一道土遁，仍回到四川峨眉去了。

话休絮烦，那时苗星在史家的大厅上，听史勇同史鼎、珠兰二人谈说天球所以借遁回去的缘故。并非史勇有意放他走回，实在其中还有这么一个缘故。

苗星听罢，仍将那包系在身上，向史勇告辞说："小婿一个人住在这里，家母舅又被彭天球那厮杀了，格外使家母惊魂提胆，有些心绪不宁。小婿要回阜宁去，把家母带得前来，那么小婿便死在九泉，也感激大人的恩典。"

史勇道："用不着你去把我亲家太太带来，我这里已向伙计们吩咐过了，你只在这里安心等着你母亲到来好了。"

苗星哪里肯信，及听珠兰、史鼎两人也是这般说法，便问家母几时可来。

史勇道："今夜是决定得来的，你不要再离我这大门一步，怕着了彭天球那厮的道儿。你是比不得我。"

苗星只得诺诺而退，每欲乘间逃走，却被史勇暗中留心看护着，只没有逃走的机会。吃过夜饭以后，看史勇回到里边去了，苗星便转到自己的房中，看珠兰又不在那里，便又背着那个包袱，不敢从大门走出去，却溜出了后门。忽然背后有人把他一只手握住了，问："贤婿要到哪里去？"

苗星回头，见是史勇，不由流泪说道："理应听丈人的吩咐，不过小婿有老母在家，无论如何，小婿要回阜宁去，将她老人家带得前来，求丈人原谅。"

史勇道："这是你的孝心，因你舅父被彭天球仇杀了，你就想把她老人家带得前来，免得她老人家日夜悬望着你，这也不能怪你私自出走。但你只因要回家带你的老母，还有旁的意思没有呢？"

苗星道："小婿的心可以对天发誓，此回只因想念老母的心肠甚切，并没有旁的意思，求丈人原谅，放小婿回去吧！"

史勇笑道："既没有旁的意思，你随我到里面去瞧瞧。"

苗星的威名远震江湖，本领高出寻常会武艺人十倍，不知怎的，这回一只手被史勇紧紧握住了，要挣脱在势却不能挣脱开来。看史勇满面笑容，不似在先含有相害的意思在内，便不由得低头，随着史勇走进门来。直走到一个精致的房间里面，史勇忽停步把房帘一掀，说："贤婿，你瞧这是谁？"

苗星抬头看时，不由得又惊又喜，早流下泪来。原来是自己的母亲，同珠兰共坐在那里吃茶。

苗星走进门去，早扑地向地上一跪，仰着脖子问道："娘怎么到这里来了的？"

这时史勇却仍然回到他自己的卧房去了。

苗母见了苗星，即生气说道："你这畜生，还问我怎么到这里来的吗？我生了你这种儿子，真该万死。我同你舅父搬到大王庙居住，你随那个花豹到天津去撞魂，一路又转到这湖北来，一向没有回家探望一次，惹得我把眼望瞎了，连你个人影子也看不见。你是我的什么儿子？你这点点的本领，一半也是你舅父教出来的，你舅父昨夜被人杀了头，如果你回到家里，昨夜帮助你舅父动手，你舅父又何至被杀？我自从你舅父被彭天球那厮杀了，也只好将你舅父的死尸打口棺木盛殓起来，埋葬入土。但我想起你这个畜生，终年漂流在外，不想回来见你舅父和娘一面，我心里的痛苦就同被捆了千百口针，千百口针都捆在心坎里。幸亏天上的菩萨成全我，黑夜到我家里来，不由分说，把我驮在背上，说：'我驮你去见一见你的儿子。'我便问你这畜生在什么地方，那菩萨只在我头上轻轻一拍，我就不由得有些昏糊起来，蒙眬间也不知经过多少时辰，醒来却到了这里。方才听亲家爹爹和媳妇的一番话，原来你这畜生还想我个老不死的娘。这时候你还有甚颜面见我？"

珠兰听她婆母责备苗星，左一句菩萨，右一句菩萨，心想：哪里是菩萨成全她老人家的？照这样讲起来，我们家里的盗伙，一个个都是菩萨了。

想到这里，不由暗暗一笑。却看苗星忽然听他母亲说出这样话来，泪容满面地回道："娘今天责备儿子这话，总算儿子不孝不义，得罪了老娘，不能给舅父助杀一阵。儿子不好，惹娘气恼，以后可再不敢了。儿子赶快去给舅父报仇，求娘原谅了儿子则个。但是舅父怎生被仇人杀害呢？"

他母亲流泪道："我昨夜吃饭的时候，你舅父兀自坐在一边，淌抹眼泪，晚膳放着也不去吃，好像他心里一阵阵难过起来。我看他这种模样，便问他：

'敢是有了什么病痛不成？告诉我知道，好请个医生诊治。'

"你舅父回我说：'没有什么病痛，不过我这时心里局蹐不安，敢莫是那十三年前的彭天球要来报复前仇，我这性命，真个断送在这匹夫手里去吗？'

"我因你舅父的神气和平日间大不相同，他住到我家里来，不敢在郓城开设场子，就因畏避一个彭天球的缘故。如今忽听他说出这种话，叫我心里如何不怕。偏生在这时候，有一个邻居人家请你舅父吃酒，你舅父便到那人家去。没有吃过三杯酒，却不防那个彭天球，门不开户不破地闪到你舅父的眼前来了。"

欲知后事如何，且俟十三回再写。

总评：

彭天球之说史勇，妙能从史勇性情入微处用力，动之以国仇，歆之以利欲，彼史勇安得而不入其彀中哉？君子不患无过人之才，而患有过人之欲，苟有过人之欲，则其才往往为其欲之奴隶，吾于史勇又何尤焉？

史勇之陷溺于白莲教也，是其中固有大

欲存焉，文中仅虚掠一笔，非作者有意躲闪
处，宽一步正是紧一步。

　　苗星母子相逢，使他手则必先叙沈虎林
被杀一节。及一见面之后，苗母便责备苗星
一向没有回家探望一次，情理俱描摹得十分
透彻，脱尽恒蹊，迥非凡庸所及。

第十三回

石破天惊井中得神剑
波翻云诡泸县说新闻

话说苗母接着向下说道："彭天球见你舅父在那里吃酒，早冷笑一声道：'老沈，我姓彭的早知你要躲在这地方来了。十二年前的事，你记清了吗？今日来同你揭算总账。'

"你舅父这时大约已知是躲让不来了，便问彭天球在哪里动手，彭天球便指说到外面草坪上去。

"那时同桌吃酒的人要解劝也解劝不来，便有人前来送信给我。我到那草坪上一看，月光下，见你舅父和彭天球各舞着一把单刀，在那里厮杀起来，就有许多人远远站在那里观看。彭天球的刀法绝不是你舅父的对手，不知怎的，你舅父忽然怪叫一声，仰倒在草坪上，早被他一刀割了首级。再看彭天球，已不见他的踪迹，可怜你舅父的首级，已被那厮带得去了。

"你舅父被杀以后，就有地方上的绅士要把杀人的嫌疑硬栽在左右邻人身上。娘是知道彭天球前来杀害你舅父的，捉不到彭天球，何忍再拖累左右邻人。也就向地方上绅士说明，把你舅父的尸首掩埋了。

"你舅父死了没有儿子，舅母又去世得早，你不给你舅父报仇，更有谁来给你舅父报仇呢？"

苗母说完这话，喉咙里却呜咽得不能说了，一把将苗星扶得起来。

苗星却明白，他舅父的刀法未尝不是彭天球的对手，不过彭天球仗着他白莲教的邪术，将舅父迷翻了。舅父有破坏白莲教邪术的能耐，又何致如此？想到其间，也不禁凄然泪下。遂将彭天球到史家村来的先后情形，向苗母说了个梗概。

当夜和珠兰回到房中，在床上翻来覆去，只是睡不着。那一盏暗暗无定的灯光，愁人眼里，总觉得含着几分鬼气。看珠兰已是睡着，兀自起身下床，又觉得坐也不是，立也不是，便在房里踱了一会儿。忽然想起毗庐寺的月朗老和尚来，便悄悄走出房外，飞也似的直向毗庐寺去。看一片荒原，烟青磷碧，从寒风飕飕之中，远远递出一阵哭声来，似乎有一个女子，伏在前面一座坟茔下痛哭。再一细听，那哭声又停止了。

苗星好生诧异，刚走到坟茔下面，果见有一个白衣女子在坟前一闪，倏地那女子又不见了。苗星心想：这不是活见鬼吗？一转瞬，又见那女子站在他的面前。

苗星在月光之下，看她满面泪容，哭得甚是凄惨，便向那女子问道："哪里来的娘子，为什么三更半夜，独自在这里哭泣？"

问了一会儿，只听不见那女子答应。

苗星又接着问道："娘子不用害怕，我不是无赖的人，若娘子有为难的事，不妨说给我听。"

这几句说出去，却见那女子在面前一闪，接着拔地起了一阵阴风。那女子便在那阴风中，飞一般地向前驶去。苗星总觉那女子的举动太古怪了，疑惑她非鬼即怪，只是凭着自己一身的本领、满腔的正气，即使那女子果是鬼怪，也不觉得可怕，便跟着那女子向前追去。

那女子见他追得快，便走得快，追得慢，便走得慢，不追也就不走。真不知追了有多少时间，前面便是一座枯井，那女子一阵阴风，便向那枯井中冉冉而没。

苗星不由暗暗叫了一声奇怪，仗着艺高人胆大，不怕妖魅，准备跳下井去，却有这本领仍在井底上跳得起来。拿定主意，一头便向井里跳去。耳边听得嘤嘤的哭声，但井底黑暗暗看不见什么，便将眼睛闭了一闭，复又睁得开来，仔细在井底四边凝神一看，只见乱砌碎瓦泥砖，并不见什么白衣女子。忽然看见西北角上放出荧荧的亮光来，便走近那亮光的所在，觉得身上有些寒浸浸的，自家暗暗发笑，想我这身子如何会这般娇嫩，点点辛苦，怎生便吃不得了？且不管她是鬼是怪，一步便走进那亮光中间。谁知两脚还未落地，那亮光又倏地不见了，井底顿时也一阵漆黑。

苗星运足了眼功，上下一看，这当儿，却又听得种种的声浪，如猿啼，如鬼哭，这声音似从脚下一处隙洞里发出来的。苗星不禁急得暴跳起来，在这双脚齐跳的时候，顶额向上面一撞，撞起个老大疙瘩来，两脚也像踏着虚空，不由得身体又往下一沉，知是这一跌落下来，约有五六丈深，睁开两眼，却见一把宝剑，有一尺多长，抛在那里，荧荧跃跃地露出宝光来。那剑锋上看是起了一层薄薄的微澜，如同伤心人泪痕一般。剑旁也放着一个剑鞘，已经遮蒙了一层灰土，那剑像是辟尘珠一般，点点灰珠也没有。

苗星这一喜非同小可，提剑在手，把剑鞘也系在身边，抬头向上面一看，见有一个圆圆的大窟窿，恍悟方才从井底坠下来的时候，就从这所在坠下来的，便一跃已到了井底方面。走进几步，再一跃，已出了枯井。

时当夜静，星光遍野，百步见人，有一群飞鸦咯咯喳喳，在顶头噪了过去，觉得头上有些疼痛，右手握剑，左手在头上一摸，那疙瘩却有鹅蛋大小，用手揉了一会儿，觉得痛定肿消，也就罢了。扭剑仔细放在手里一看，虽然在井底下淹没多年，却似新从炉冶中炼出来的一样，知道这是一把神剑。且用它试试看，却轻轻一剑向井栏石劈下，那石顿时便划分两截，一些石屑石片都没有，就同快刀切豆腐的一般。

苗星收剑入鞘，一路回到毗庐寺中，打开山门，走进方丈室，见月朗老和尚尚未安睡，苗星便向前谢过送赠葫芦之恩。

老和尚道："老僧的法宝可灵验吗?"

苗星道："准极了。"

老和尚道："尚未尚未。"

苗星听罢，心里不禁有些诧异起来。

老和尚道："我老僧的法宝却是白莲教的大敌，真比那广成子的翻天印、孙行者的金箍棒都还灵验。此刻白莲教尚未扑灭，如何说它已经灵验了呢?"

苗星听毕，便又将他舅父沈虎林被四川白莲教首领杀害的情节述了一遍道："弟子此去峨眉山上，可能扑灭了白莲教，给我舅父报仇?"

老和尚道："可以可以。"

苗星问道："和尚，怎么知道弟子此去峨眉，确有这样把握呢?"

老和尚道："你腰间不是挂着一把寒光一瞥剑吗?这支剑埋没枯井，不知经过多少年头，遇到你这识货的，真好侥幸也。你有这支剑，倒可去得。"

苗星问："我一个人去好吗?"

老和尚点点头。

苗星又问："花豹现在哪里？"

老和尚道："老僧已吩咐他几句话，叫他遵着叮咛的事，出去做一下子。"

苗星又问："那是什么事呢？"

老和尚便瞑目不答。

苗星退出禅房，回到史家村上，悄悄地归到自己房里。那时珠兰已从睡梦中惊醒过来，觉得苗星不在房里，正在那里出神，忽听呀的一声，房门开了，一眼见是苗星回来，问苗星是到哪里去的。苗星便将夜间经过的情形对珠兰说了。珠兰听罢，将信将疑，便请苗星拔剑一看。

珠兰忽惊道："我自信胆量不小，软功夫也还不弱，不知怎的，如今见了你这支宝剑，心里觉得六神无主似的，只是别别地跳动。请你仍把这支剑插好了吧！"

苗星便将剑入鞘，看珠兰已从容坐起，才转换了笑容，向苗星道："老和尚的神通广大，你此去绝能成功，但你一个人是不可去的。我父亲虽然已准许帮助你扑灭了白莲教，但他还怕自己的能耐吃不住彭天球，正在那里进退彷徨。不若就是我陪你一同去吧！"

苗星道："承你的情义，待我不错，我本不愿和你离开，不过我的老母已经到来，望你给我朝朝侍奉，我便放心去了，你是绝不可去的。我此去若能侥幸扑灭了白莲教，给我舅父报仇便罢，万一我因扑灭白莲教仇而死，报仇的责任，却在你的肩上，你却如何去得？"

珠兰听罢，好生怏怏不乐。

当夜无话。次日早晨，苗星带着珠兰，到他母亲房里请安，便将夜间的情形，照着对付珠兰说的那一番话，一五一十地向他母亲又说了一遍。

苗母道："那个月朗老和尚真是一个活佛，娘还记得我儿弥月的时候，老和尚曾给我儿摩顶，说：'好个白眉小居士，今世却和老僧结上不解的缘。'事情已隔二十几个年头，这光景就像在眼前的一样。星儿，老和尚的话是不会错的，娘这里却不用你担心，你去给你舅父报仇好了。"

苗星欢喜无限，遂又同珠兰来见史勇，诉说自己的意思。

史勇道："你如何去得？你在我这里，那彭天球

151

未必便来寻你。你离开了我，不给那彭天球知道便罢，果被他知道了，你有多大本领，能逃过他的手掌？我既允许帮助你扑灭白莲教，我却有我的办法，你不妨耐心稍等几时。你说在昨夜得了一把宝剑，你有这把宝剑藏在身边，就不怕彭天球下你的手，究竟是一把什么宝剑，我瞧瞧是怎样。"

苗星听罢，遂将那剑拔了出来。

好奇怪，苗星的剑才离鞘，忽见史勇脸色顿时白得像箔灰一般，紧皱眉头，咬牙切齿价发愕，身上像筛糠一般抖战，那两条腿更像摇铃似的，一个坐不稳，险些要从椅子上蹉跌下去。

苗星知道不妙，急忙收剑入鞘。

这里珠兰紧紧扶住椅子，看她父亲神志渐清，心里一块石头才放下来，望着苗星笑道："好厉害，几乎出岔儿。"

又迟延了一会儿，史勇才慢慢清醒过来，向苗星道："贤婿有这神剑，还怕什么彭天球？不瞒贤婿说，我虽烧毁了白莲教的种种害人的魔术，但缘受白莲的邪毒已深，一时不能完全摆脱。方才见你这把剑从鞘中拔出来的时候，就同你们不在白莲教中人吃了白莲教里销魂酒一样。好厉害的神剑，这不是白莲教的对头星吗？"

珠兰道："女儿夜间也请苗郎将这神剑拔出一看，谁知不看犹可，这一看，女儿好像痰迷了心窍一般，身上也战战兢兢起来。却想不到苗郎的神剑竟是这样厉害。"

史勇道："你粗学习得白莲教的邪术，毕竟中毒不深。为父却比你的魔术要大几倍，邪毒自然要加胜几倍，却怕这神剑比你还厉害了。"

一会儿，史鼎来了，听他们讲的话很有些不相信，便兀自把苗星带到自己房中，亲自拔出这把剑来，看了又看，并不觉得一些害怕，心里暗暗一笑。

苗星当把宝剑插入鞘中，史鼎又拉苗星去见史勇，说："你们却说得那样大惊小怪，我瞧姐夫这把宝剑，不过比寻常的宝剑宝光耀目，不见得叫人害怕。有这宝剑，如何便能对付彭天球呢？"

史勇道："你年纪很轻，知道什么？这是一把神剑，怎比得寻常宝剑？你没有学习白莲教的邪术，所以不怕这把神剑。你姐姐略习得一些白莲教的邪术，所以见了这把神剑，也有些神魂不宁。为父受了白莲教的邪毒，及不上彭天球，所以为父在你姐夫把神剑拔出来的时候，这性命还可以保全得住。如果彭天球碰到了这把神剑，他纵有三颗头、六条臂膊，难道还能逃得性命不成？"

史鼎听罢，方才明白过来。

当日苗星便拜别他的母亲，又祭奠他舅父虎林一番，这才辞了史勇、史鼎、珠兰三人。

在那一声唱别的时候，史勇便向苗星叮嘱道："贤婿此去在明中行事，我随后便在暗中帮助你，你尽管放心是了。"

苗星听了，记在心坎，就此出了史家村，一路行到四川泸县境界，在城里十字街头，看见有许多人围在那里，如同看把戏的一样。苗星却也无心挤进人丛里去瞧一瞧热闹，觉得肚腹里打起饥荒来了，瞥眼看见有一家饭店，便一脚跨得进去，坐下来便叫了几盘菜，狼吞虎咽地饱餐了一顿。

忽见有许多人走进饭店，就中有两个人嘴快，入门便笑嚷着道："你们大家只在这里吃饭，好把戏也不去瞧一瞧，怎么一个好端端的许七，却变成一只大牛，这不是我们泸县里从古未有的一件奇闻吗？"

毕竟那许七如何变成一只大牛，欲知后事如何，且俟十四回再写。

总评：

井中得剑，写得迷离惝恍，极文章变化之能事。士有怀才不遇者，往往悲愤抑郁而谁为与语，其胸中块垒之气，视神剑又奚落，然宜隐也胡为藏，宜笑也胡为哭，此其中若有情，若无情，试离心意识参。

花豹之去，在月朗老和尚口中略叙一笔，隔年下种，预伏十五回书中花豹救苗星时，写来绝无痕迹。

史鼎之看神剑，稚气如掬，然特借此以逗出神剑之以所为神剑也，文心细如丝发，人巧竟夺天工。

第十四回

宣佛语妖尼显法力
剖奇冤地痞受天刑

原来那许七名唤许光祖，是泸县本城的一个地棍。他曾拿借一个姓褚的朋友二十两银子，言明照典生息，春借秋还，这笔据由许光祖亲笔写给那姓褚的朋友，并无中人保户。哪知借债时说得瓜甜糖蜜，到了要还债的时期，早把这笔债抛向脑后去了。

那姓褚的朋友屡次到他门上催讨这本利二十二两银子，许光祖被他讨得不耐烦了，便决定约在某天某日，叫那姓褚的带来笔据拿钱，分文又不短少。

姓褚的实在因有正事，急需这二十两银子使用，但因许光祖的脾气是惹不得的，临走的时候，只好向他叮嘱了一声道："七爷如果一时的银子措办不出，就延迟几日工夫好了。但七爷到那一天，这款项却万万不能迟延了。"

许光祖笑道："褚兄，你这是哪里话来，那天我绝对有银子还给你的，若有半句撒谎，叫我娘陪你睡觉。"

姓褚的见他发出这样毒誓，也就不敢再说下去。

到了这一天，姓褚的带了笔据，到许光祖家中来。

许光祖见姓褚的来了，说："褚兄来得真巧极了，适逢有个朋友借给我三十两银子，便当还给褚兄二十二两。我将褚兄这笔款项拖延至今，实在是对不住。"

姓褚的听他这话说得太客气了，毫无疑惑，把那笔据拿出来，交给许光祖。

许光祖把笔据一看，便向姓褚的笑道："褚兄且在这里坐一坐地，我去称银子就来。"

说着，便从容似的回到里面去了。他哪里是称银子还给姓褚的，却把那笔据放在火中烧了，回转来向姓褚的发作道："你是从哪里来的？只怕你这东西已进了里面，偷了什么，揣在身上。"说着，想动手来搜。

　　姓褚的看他脸上的神色不对，吃他骗去一纸二十二两的笔据，又被他硬说是个强盗，几乎把心肝都气裂了，但表面上仍装作行若无事的样子，向许光祖笑道："七爷可是吃醉了酒吗？我将笔据交给七爷，七爷回房去称银子，银子却没有称来，怎说我偷盗你家什么东西？你几曾见我姓褚的做过强盗？"

　　许光祖呸了一声道："放你娘的屁！你没有偷盗我家什么东西，总算你的造化大。谁去称银子给你？我的银子，早已还给你了，你又向我要的什么银子？我前日若没有把银子还你，你就将笔据退还我不成？你敢再在我这里讹诈，看我这个耳光子打过来。"

　　姓褚的又笑道："七爷请休要懊恼，银子事小，但七爷总要凭一凭良心。七爷骗去的笔据，不给我银子，在七爷不见得就会发财，在我也不见得穷到什么样子。七爷赖去我这笔债，又冤枉我是强盗，看世间有没有这道理。"

　　许光祖听罢笑道："谁和你讲这道理？你是讲道理的人，收过我的银子，就不该到我这里胡吵。你在泸县城里打听打听，我许七爷仗着这副拳头，无事还要平地生风，找摸几个进账。像你这瞎了眼的东西，一竹杠却敲到七爷的头上来，不给点儿厉害给你看，你还不知道我这里天有多高、地有多厚。"说着，就扬手几巴掌，打得姓褚的脸上麻辣辣的。

只听见姓褚的哎哟一声，直退到一丈多远，没命地狂喊起来，说："许光祖打死人了！"

那些左邻右舍听见有人在许光祖家里喊打死人，哪里还肯迟缓，就有许多人跑得前来，看许光祖和姓褚的都在门外吵闹。当听许光祖数落道："你搭的什么臭架子，凭什么向我要银子？我银子是还给你了，又来讹诈我二十二两银子。不错，我是打你的，你记清数目，有这本事，就一共同我揭算总账。"

姓褚的嚷道："众位街邻都在这里，我姓褚的是个规规矩矩的人，前次到他家催讨银子，他约定我在今日把笔据带来拿银子，并在我跟前发誓赌咒，他在今日不还我银子，便叫他娘陪我睡觉。今天我将笔据交给他，他回房去称银子给我，骗去我笔据，不称银子还我，还冤赖我是强盗，说我是讹诈，赏我一下耳光。请众位街邻说一句公道话，我姓褚的讹诈过谁的银子？"

众街邻听罢，明知是许光祖骗去他这纸笔据，姓褚的是个规矩人，断没有讹诈他银子的道理。然而这件事没有凭证，谁也不好说一句公道话。

　　就中却有一个人扬手说道："众位听着，许七爷是个硬汉，断没有赖债不还的道理。姓褚的也是个正当人，也断不致讹诈人家的银子。这件事只有天知道。你们双方都不用厮缠，尽管到城隍庙里，斩鸡沥血，求菩萨把存心欺讹骗诈的人显出来。"

　　大家都因许光祖平时惯会生事欺人，都说这事不到城隍庙去，谁也说不出是谁的不是来。

　　许光祖听罢，说道："也罢，我是个硬汉，断没有赖债不还他的银子。他也是个正当人，也断不致讹诈我的银子。我也不说他是讹诈，他也不说我是狡赖，就是这么脱开，众位看我的话好不好？"

　　姓褚的连忙指着许光祖说道："可见你是骗去我的笔据，此番怕到神前发誓，才说出这话来。你不还我这银子，打我一下耳光，说脱开就想脱开？我是讹诈你银子，到你家偷东西，如何能脱开？你不依着众位街邻公道话，不敢同去神前发誓，你若想脱开，除非到泸县大堂上脱开。"

正在这开不了交的时候，从一片声浪鼎沸中间，听得敲着木鱼的声音，接着便有人高声念了一句："阿弥陀佛。"

众人便笑着说道："活菩萨来了！许七爷可不用同褚兄到城隍庙里斩鸡沥血，不妨问一问这位活菩萨，谁是谁不是，自然有一个水落石出。"

原来这活菩萨是个尼僧的模样，年纪在四十开外，身披大红袈裟，腰间系着一个木鱼，约有六尺围圆，手里托着一个石臼也似的紫色钵盂，每日到泸县城里化缘，敲着木鱼，高声念了一句"阿弥陀佛"。一到晚间，仍出城外去了。有人问她宝刹在什么地方，法名什么，她说："贫僧随遇而安，没有一定的庵寺，名字也多年不用，记不清叫什么了。"

又有人问她："你日间是在什么地方来，晚间又向什么地方去？"

她说："贫僧不知道什么地方，只知日间到婆娑世界中来，晚间回到极乐世界中去。"

泸县城里的人听了尼姑这种奇怪言语，又见她种种奇怪的举动，到处纷传，早已轰动。满城的人争着化米饭给她，你也化她一钵饭，他也化她半钵饭，尼姑的食量太大，每顿能吃十多钵饭，吃下去还像没有饱的样子。有人问她饭是吃到哪里去了，她总是笑而不答。城里的人都把她当个道力高深的尼僧，有拿着一身休咎的事问她，她总是说得明如镜鉴，不爽毫厘，因此大家就称她是个活菩萨。

这日，尼姑从城外走来，化了一斤煮熟了的牛肉，恰见许多人在那里，说是活菩萨来了。尼姑刚要走得近前，恰被一群人将她请到许家门外，争把双方的理由给她说了一遍。

尼姑听罢，便向姓褚的说道："这件事用不着到神前发誓，也不用去惊动官府。人若没有还给你的银子，你便将笔据退还人家吗？就是这样说开好了……"

尼姑的话尚未说完，许光祖早笑起来叫道："可不是的吗！也该有个活菩萨来讲一句公道话的。"

众人见活菩萨是这样说法，也就将姓褚的拉得去了，大家从此便一哄而散。

这活菩萨便立在许家的门内，向许光祖说道："贫僧新从一个人家化来一斤牛肉，无如贫僧吃素，这牛肉化着没有用处，就留在你这里，你可能化给贫僧一碗米饭？"

许光祖笑道："活菩萨这是哪里的话。"

旋说旋令他妻子辛氏盛一大碗米饭，放在活菩萨钵中。活菩萨遂又敲了一声木鱼，念了一声"阿弥陀佛"走了。

许光祖心里暗暗一笑，自言自语地说道："好个活菩萨，天上果有这样糊糊涂涂的菩萨，我们越是恶毒，越发有好日子过了。"

心里这么想着，却闻得一阵阵肉香，便又笑向辛氏说道："我有好多日不吃牛肉了，口里要淡出什么鸟东西来。难得活菩萨送我这一块牛肉，哎呀！这是什么肉香？闻得我喉咙里要痒出虫子来了。"说着，便拿刀切了一大片牛肉，向口里便送。

这牛肉刚吃下肚去，煞是作怪，许光祖倏地抛下刀子，随口又叫出一声哎呀呀，便立不住脚，身体向地上一倒，口里又不住叫痛，转瞬间便变成一条牯牛了。只有脸面不曾改换，口里还能说着人话。

辛氏一见这般形状，不由吓得痛哭起来。

许光祖亲口说出骗诈人家笔据的心事来道："这是活菩萨降罚，借我这个无赖，以警诫世间妄骗人钱财的。你可牵我出去，求一求活菩萨，活菩萨能还给

163

我一个人身，我再也不敢骗诈人家钱财了，这银子我是要还人家的。"

辛氏不忍把这人面兽身的丈夫牵出去，但许光祖又哭求辛氏快些牵出去，把那银子也带在身边。

辛氏无奈，只得称了二十二两银子，藏在身旁，把许光祖牵出来，向街上人道："活菩萨是在什么地方？"

街上人见辛氏牵出这么一个牛身人面孔的许光祖来，无不暗暗纳罕，便指引她到活菩萨那里去。

原来活菩萨在那十字街口，正向那姓褚的人家化缘。

姓褚的因活菩萨也跟着许光祖说那昧良心话，哪里还信她是个活菩萨，便向活菩萨笑道："你这没有卵子的东西，亏你能说一句公道话。我哪有白米饭化给你？我吃不完的饭，就给狗子吃，也要向我摇一摇尾巴。"

活菩萨听了不依，两下正在拌嘴的时候，恰好辛氏把许光祖牵来了，后面还成群结队拖男拽女地跟上一大群人，如同看西洋景一般。

那牸牛牵到活菩萨面前，把前两蹄向下一伏，口吐人言，哀求活菩萨还给他一个人身。活菩萨哪里答应，便有许多看热闹人给牯牛向活菩萨求情。活菩萨实在拗不过那些人的情面，便笑向牯牛说道："逆畜！你这时也知世间真有个活菩萨吗？你那银子可带来没有？"

辛氏在旁听了，忙取出一包二十二两银子来，放在活菩萨手里。活菩萨将那银子扬给众人一看，交给姓褚的收过，姓褚的便来向活菩萨叩谢罪。

活菩萨却不理他，转在牯牛顶上拍了一巴掌，说："去吧！人身易还，活罪难免。"说着，便托着钵盂，又到别处化缘去了。

牯牛经她这一巴掌拍下来的时候，心里觉得有些作呕，不由哇的一声，从口里呕出一大块牛肉来。眨眼间，一条牯牛却又变成了一个许光祖。

众人见了，无不称奇道怪。许光祖虽然还转了人身，却觉得精神萎靡，心思恍惚，回家去害了一场大病，不能起床，就此便成废人了，却也不在话下。

单说苗星在饭店里听得那些人纷纷谈论，说："好端端的一个许七，却变成一只大牛。"

又听那些人接说下去，方知竟是这么一件奇闻。

苗星自领悟月朗老和尚禅机以后，却把一班方外奇行的尼姑、和尚都当作活菩萨一般看待，却因这尼姑的举动太诡谲了，转有些疑惑起来。就在这泸县访问多日，却被他瞧出破绽来了，就准备相机而动，好下这东西的毒手。

原是那尼姑自罚许七变牛以后，泸县的人上至官吏，下至妇人、小孩子，没有个不把活菩萨的事当作一部《济公传》谈着呢。

这日，尼姑忽对着城内妇孺说道："今年大士降旨，在城外泸溪普放莲花，接引有缘的到西方去，就在本月十三、十四、十五，连放三夜莲花。这是成佛的第一机会，千载难逢，不可错过。"

当时就有人问道："冬月的天气，怎会开放莲花？"

尼姑道："不在冬月天气开放莲花，怎么可说是大士普放莲花呢？"

尼姑自说出这从古未有的奇谈，那些妇孺人等都相信活菩萨的话是不会假的。十三日，天气才到黄昏的时候，那泸河地方真是人山人海，大家一对对肉眼，在月光之下，望着河水中流，等待大士普放莲花，好接引他们到西方去。谁知他们这些肉眼凡胎，哪里能与佛有缘，还不是要走上那一条死路上去。

欲知后事如何，且俟十五回再写。

总评：

此回文字恢诡极矣。许光祖之于褚姓使人呕，众街邻之于许光祖使人笑，许光祖受罚变牛使人快，尼僧谓大士普放莲花接引众生使人惊。阅者至此，几疑尼僧为活菩萨矣，而不谓下文之全局忽翻也。文笔之迷离奇肆，真是匪夷所思。

许光祖赖银一节，人咸谓此形容过甚，不知今日之地痞地棍，何往而非许光祖之流。作者第于人间找兽类可矣。今之兽心人面，且恐有甚于许光祖者。

提明苗星在泸县访问多日，瞧出尼僧破绽，准备相机而动，文情便似天半彩云，有望而不可即。

第十五回

苗白眉月下除妖精
徐少彬酒边赚剑客

话说泸县城内城外的善男信女，在十三日这天晚上，早麇集在泸溪地方，真是人山人海，你撮在我的肩背，我靠在你的大腿，一对对肉眼，射到那溪水中流，等待大士普放莲花，好接引他们到西方去。

直等到三更向后，只见那溪水空明，水底的月亮在那里摇闪无定，却不见溪中开放着朵朵的莲花。大家等得不耐烦了，有许多心灰意懒的，早已回转家中而去。还有少数信仰活菩萨最深的人，总以为菩萨说话，绝不会骗人的，誓必等到天光大亮才回去。

等到四更的时候，又不见得有些动静，都站得腿酸腰硬，身上觉得冷浸浸的，肚皮里的蛔虫也在那里开起聚餐大会来了。便是信仰活菩萨最深的人，也吃不消再等着了。众人公同商量，正要准备四去安歇，忽然觉得眼前漆黑了一阵，看不见溪中的月光，接着鼻孔里闻着一阵一阵的香气，身体也渐渐地暖起来。

众人好生惊讶，一转眼，见闪出电也似的亮光，果然泸水中现出了一个莲花世界。中间一朵白莲花，有面盆口大，像观音佛前的莲花一样，前面都簇着许多疏疏落落的小莲花，如同众星朝拱北辰星的样子。白莲花上趺坐着一位观音大士，向着岸上众人招一招手，那白莲花也就渐渐傍到岸前来了。

那一班男女当中，立处与溪岸相近的几个人，有一个迷信观念最深的，拼命向那莲花上跳去。那一位观音大士便接住他两只脚，叫他两只脚各在一朵小莲花上站定，下面就像有什么人把那两朵小莲花托住了似的。凡事难于创始，没有人奋勇上前，大家都是徘徊观望，一见有人已安然立着两朵小莲花上，接连就有许多人争先恐后地上去，大约小莲花上已站立了十来个人。

后面的人见前面的人已算有缘被大士接引到西方去，看莲花上都站得满了，不由急得唉声叹气说："我迟到西方去一天，这一天就不能摆脱尘缘。"

他们刚在那里说着，却见溪中一朵一朵的大小莲花，都冉冉上升，直升霄汉。岸上众人抬头一看，分明看见那一朵白莲花上，仍站着一位观音大士，还有数十朵小莲花上，都站着一例长不满寸的人。再一转眼的工夫，那朵朵的莲花都不见了。

那十来个人已被观音大士接引到西方去。其间未曾被大士接引的人，都向他们已被接引的人家中道喜，说："这种机会，真是千载难遇，一人得道，七祖起升，这都由你家祖宗世代修来造化。"

这人家也很欢喜。又有人在夜间未曾被大士接引到西方去，很是放心不下，想寻着活菩萨请问一番，究竟自家有没有这缘分，得到西方极乐世界去。谁知活菩萨不在城内了，他们就像发了狂似的说活菩萨是大士化身，简直没有人敢说一句轻慢惊异的话。

这夜，到泸溪去的人比前一夜更多了，只在三更时候，便仍同前夜一般地泸溪中倏地现出一个莲花世界。在前夜不曾被大士接引到西方的人，今夜却来得更早，都站在靠溪岸最近的地方，今夜一见到这么一个莲花世界，一个个都争先向溪中跳去。约莫莲花上面，已跳上有一二十人，那朵朵的莲花忽然不见了，莲花上的人也上了天了。只见有一轮寒月当空，溪中除一泓清水而外，什么东西也没有了。

似这么闹了两夜，到了十五日这一夜的二更天气，众人都见溪中的电光一闪，有一朵白莲花上趺坐着一位观音大士，面前一朵一朵的小莲花，比前夜要多得几倍。众人看那白莲花要傍岸的时候，大家准备抢先要向莲花上跳去。忽听得头上一阵怪风，接连便见一个人在一朵白莲花旁边，站在一枝小莲花上，一手握剑，一手握住大士的手。那大士仿佛知道自己的行藏败露了，即时打了一个寒噤，眨眼间，那溪中的万朵莲花都不见了，只见那人把一个四十来岁的尼僧在溪岸下捺定。那尼僧便把身子一晃，顿时变成一个玉面狐狸。

那人既是早有防备，当然不能由它逃脱，一举手之劳，便将这狐狸捞在手里，提着那剑笑道："原来是你这孽畜作怪！两夜的工夫，伤害了数十人性命，你的法力可也不少。如今也一般落在我手里，看你有什么方法，再显出一点儿法力给我看！今夜我来给未曾被害的人除害，给已经被害的人报仇，对你不客气，也不用和你麻烦了。"旋说旋用剑在那狐狸胸腹间只一剜，把肝肠肚肺都剜了出来。

那狐狸也登时气绝。立在岸上的人见了，都惊诧不小。

再一转瞬工夫，月光之下，只见一具狐狸的皮囊在水面上浮荡着，已不见那人的踪迹。有几个眼光敏锐的，在先却见那人的双眉白得像羽毛一般。

大家惊诧了一会儿，也就转惊为喜，死了立地成佛的这条心，各回归家门去了。

看官要明白，那人是谁？不是白眉侠苗星，还有哪个？

原来苗星在十三日那一天，就听得那尼僧在城内城外布散谣言，也曾见到那尼僧一面，方要追踪探访下去，转瞬间却忽然不见她到哪里去了。苗星转想，这东西的言语举动太诡秘了，什么是活菩萨，我怕这东西就是白莲教里的什么白莲圣母。像月朗老和尚那么一个修道的人，勤修苦练了一辈子，还不曾见有什么西方大士接引他到西方极乐世界中去，何况泸县城中一班肉眼凡夫，哪有这造化到西方呢？这东西的话说得太容易了。方才她看见我的时候，一眼也见到我腰间佩着一把神剑，似乎有些畏惧闪避的样子，一眨眼又不见她是到什么地方去了。无如她是不是白莲教中什么白莲圣母，今夜我准备到泸溪去，且用这把剑给她个当面开销。

苗星心里虽是这么想，事实上却如何办得到呢？在城内逛了一会儿，便走到城外去。

又逛了一会儿，却见迎面来了一人，是个书生的模样，年纪约在五十上下。那人当向苗星脸上一瞧，说："苗爷，你这是从哪里来的？且请到寒舍去坐一坐地。"

苗星听那人说的是一口江西话，向他面上仔细看了一看，不禁扭头笑道："奇呀！老先生是在哪里会见我的？恕我可忘记了。"

那人见左右没有行人，便向苗星低声说道："我是没有和苗爷会过，但苗爷在我们瑞州，格杀白大少，威胁来知府，做下那一件惊人的事，救去了戴姓的全家，我们瑞州的人，谁也都知白眉侠是个专打不平的大英雄、大豪杰。新近我搬到这泸县来，见苗爷这两道雪白的眉毛，左眉中心有一粒朱砂红痣，所以近前冒认一声，不意我倒认个正着。寒舍不远，且请苗爷一行，我心里还有一件很奇怪的事，要和爷你商量。这事非得苗爷出来，才救得这泸县的迷信男女。"

苗星听他的话，又因他是个稳重端方读书人的样子，所要商量的事，与自己的心思大有攸关，心弦上也慢慢地奏起同调来了，便向那人问道："老丈尊姓？"

那人信口回说姓徐，草字唤作少彬。

苗星也就信口说道："既蒙徐老先生青眼相看，小子便当亲到尊府，听老先生指教。"

当由苗星在前，徐少彬在后，走过离城约有三里的地方。前面有一座小小的独家村，徐少彬便将他带到村前，拿了一个钥匙，开开门来。

苗星看这屋是三间茅舍，东边是一个厨房，西边是一个卧室，中间约略就是一间会客厅。少彬便请苗星坐在客位，自己忙着烹茶煮酒等事。

苗星看徐少彬并无妻儿子女，由他自己烹茶煮酒，心里有些局蹐不安。但因他推诚相邀，也就不便向他告辞。

茶话时间，徐少彬便向苗星笑道："我新近游学到这地方，在这里教了两个小小的村童，他们都因身体不快，不曾前来读书。我这里一切简慢，总望苗爷包涵。"

苗星道："老先生和我萍水相逢，竟蒙如此厚爱，叫我苗星扰了不当。"

两人谦了一会儿，少彬早送上一壶酒、一碟长生果来，说："苗爷不嫌简慢，不妨痛饮三杯。我有一件心事，要仰仗苗爷的鼎力。究竟是什么心事呢，大略我不说明，苗爷也该明白了。苗爷，我这半辈子也看过许多佛经佛具，从没有看见西方大士普放莲花，竟济度一辈的肉眼凡胎，同登道岸。那妖尼的行径太可恶了，竟仗着她的妖术妖言，蛊惑人心，要坑杀一班无知男女的性命，官府又不加禁止。我这个斯斯文文的异乡人，心里总要为泸县人民除了大害，在势又办不到。难得今天和苗爷相逢，谅苗爷必能除灭妖僧，为地方上除去一害。"

苗星道："为地方上除害是小子平素的一种要职，天生我们一个人，是专使我拿着一刀一剑，到人间来打不平的。小子在江湖上走走，敢对老先生说句大话，像这类妖言惑众的和尚、道士，不落到我眼睛里便罢，一落到我眼睛里，我不去结果他，我也算不得个白眉侠苗星了。"

说话中间，徐少彬已斟上一杯酒来，送到苗星面前。

苗星用手接过，从碟子里取了一个长生果，放在口里嚼了一会儿，便呷了一口酒。这酒刚咽入喉咙，苗星便夸说一声："好酒呀!""呀"字才说出口，陡觉一身虚晃晃的，那灵魂早飞到九霄云外，就从椅子上倒栽下来。

徐少彬一见这般形状，不由喜上心头，忙将他拖到西边的卧室里，从东边灶间取了一把切菜的刀，便走到苗星面前，用刀指着他笑道："原来你这东西，也有遇着我的日子。你在瑞州结果了白大少，截断了我一百两的财路，天幸我的造化大得很，却由一个朋友接引入了四川的白莲教，学习得种种法术。偏巧白莲圣母把我带到泸县来公干，今天白莲圣母对我说：'你须结果了那个苗星，见了他，要和和气气地引他上钩，敬他一杯销魂酒，须仔细他腰间的那把神剑。'

176

我今天已算给白大少报仇了。但你总算死在白莲圣母的教令之下，你的魂灵有知，就得到白莲圣母面前，追索她的性命。你须不怪我心肠狠毒。"

一面说，一面早举起那把刀来，向苗星顶梁上直劈下来。奇怪，这把刀刚劈下来的时候，忽然有一个白衣的女子，忙用手向他刀上一挡，就同砍在生铁上的一般，徐少彬觉得虎口上有些震动疼痛起来。再看，那白衣女子已不见了。徐少彬暗暗叫了一声奇怪，接连第二刀又劈下来的时候，那个白衣女子却又闪到他面前来了，依样葫芦，连挡了三刀。徐少彬这才疑神疑鬼地把刀收回了。

一会儿，那白莲圣母来了，问徐少彬怎么样，徐少彬便将方才的缘故告诉出来。

白莲圣母急道："你这饭桶，点点法术都无灵效，看我有这本领，坏了他这个臭皮囊。"

说罢，口里不知念些什么，接着便喷出一道黑气，向苗星射来。却见那黑气要喷射到苗星身上，如同隔了一层玻璃般，可望而不可即。白莲圣母收了黑气，接连又用出那第二步、第三步的妖法，来处置苗星。

说来很是跷蹊，苗星躺在地上，如同生了根的一般，身体却算变成一个金刚不坏的身体，不拘她使出什么妖法来，总觉近他不得，又不能将他身子搬移分毫。

白莲圣母却也吃惊不小，料他已咽下一口销魂酒，他这性命总算断送了，便令徐少彬仍在那里监护着他，等到十六日这天晚上，一切的手续都干完了，他这臭皮囊没有不溃烂的道理。

白莲圣母吩咐徐少彬一番，兀自去了。

到了十六日这晚初更时分，徐少彬坐在房里，忽听得呀的一声，房门开放了。徐少彬走近来喝问是谁。"谁"字才喝出口，那人已手起刀落，将徐少彬一颗圆头砍成了两颗扁头。

那人揩去刀上的血迹，看苗星躺在地上，眉目如生，便从一个小小的纸包里取出一粒红丸来，撬开他的牙齿，一口气把红丸度进苗星腹中去。霎时间，便听他腹中呼噜作响。

那人忙附着苗星的耳朵叫道："苗爷醒来，醒来，醒来！"

欲知后事如何，且俟十六回再写。

总评：

　　愚夫愚妇之迷信，可笑亦复可怜，乃不意西方大士，顿时变成玉面狐狸，一毛孔中现万亿莲花，一弹指间又免百千浩劫。彼恃邪术蛊人者，终以自蛊，天其假手于苗侠，以除此一害欤。

　　徐少彬奸狡，读书者欲死其人久矣，不料他日竟逢漏网，此真不快活事也。乃又投入白莲教中，甘为虎伥，置苗星于死地，益发使人不快活。然而他日之不快活，正今日极快活之媒也，谁谓天道之无知哉？

　　花豹之救苗星，妙在上文虚伏一笔，写来不嫌鹘突，亦委婉动人听闻。

第十六回

剑光惊一瞥教匪歼除
大侠放空门全书结束

话说苗星在那蒙蒙眬眬的时候，仿佛那一缕真魂从顶梁上冒出来，看自己的皮囊，分明被徐少彬拖到房里，像徐少彬对他的这皮囊所说的话，以及用刀劈他的脑袋，被白衣女子向前救他，并同什么白莲圣母前来使弄妖法，苗星都看得分明、记得真切。不过觉得那一缕真魂，没有丝毫抵抗的能力。

今夜当徐少彬呆呆望着的时候，似乎那个白衣女子向他招一招手，憨憨地笑。苗星不由招到她跟前来，却被她用力一推。苗星像似在最高的山峰上面，被她推下万丈深谷的样子，耳朵里仿佛听得有人叫他："醒来，醒来，醒来。"便不禁睁眼一看，见是花豹，忙从地上直挱起来，向花豹惊讶道："你我不是在梦中吗?"旋说旋把手指放在口里一咬，觉得有些疼痛，才知不是梦境。

花豹问苗星是怎样的，苗星便将自家经过的情形述了一遍道："我的尸首不曾腐烂，自然是借着神剑的精气。我这性命，真亏这神剑救下来的。但那徐少彬到什么地方去了? 我是不能放他走脱的。"

花豹指着徐少彬首级说道："苗爷，你在匆忙中没有检点到此，这不是徐少彬的尸体是谁? 这东西在瑞州时，帮助白大少骗卖戴姓女给来保做妾，当时我没有杀他，却留下这个毒蛇，险些也害了苗爷的性命。"说着，便将徐少彬那时对戴家的情形向苗星说了。

苗星暗暗点头，便问花豹怎会到这里来。

花豹又将老和尚吩咐的话粗枝大叶说了一回道："老和尚早知你要上了这文贼的当，吃了他们白莲教的销魂酒，却给我一粒返魂丸，来救得苗爷的性命。"

苗星听罢，才知自己这一番起死回生，一半是神剑解救，一半却由老和尚的神通广大，用这粒返魂丸解去销魂酒的毒性，口里不禁说了一声："活佛！"便请花豹到泸溪去。

花豹道："老和尚吩咐我的事已经做了，老和尚不曾令我到泸溪去，我不敢去。"

两人正在谈说的时候，花豹猛一抬头，看见天上的星斗日月，那三间茅屋已不知弄到哪里去了。却看乱荆丛棘中，躺着徐少彬的尸首，两人各自惊讶一声，方才恍悟那三间茅屋也是他们白莲教用的一种魔术。

那时，苗星放着花豹仍回到湖北月朗老和尚那里去了，自己将周身找扎了一番，飞也似的到那泸溪地方，用神剑杀了白莲圣母。因为这一种情节，在上回书中已经交代明白，此番只得简单略过一笔。但苗星饮的销魂酒是什么做成的，那妖狐要祸害一班的愚夫愚妇又有什么用处，这两个闷葫芦，在先匆忙间却未曾问明，此番放在胸中猜度一会儿，实在猜度不出是什么道理来。

这日行到峨眉山附近的地方，住在山镇间一个客店里，因为日间在路上吃了些辛苦，拿出钱来，令堂倌买酒办菜，在那里自斟自饮。

忽见门外跑进一人，向苗星笑道："原来贤婿还在这里呢！"

苗星一见是史勇到来，慌忙让座。

史勇道："贤婿且慢吃酒，可知这地方的人大半都入了白莲教，纵然这酒须不是销魂酒，但到他们虎窟里来了，不吃酒是稳当些。"

苗星听了，便推过酒杯，和史勇分别坐定问道："小婿有两件事要问丈人，这销魂酒是什么做成的？白莲教中的什么白莲圣母，她并非想人家的钱财，却在那泸县地方闹出那么一件把戏出来，硬要害却人家的性命，为的什么？"

一面说，一面便将自己在泸县地方所经过的情形，向史勇向下说去。

史勇急止道："贤婿不用说了，那件事我是完全明白的。贤婿有这造化，杀了玉面妖狐，这白莲教便不难扑灭了。只可惜那妖狐迟死二日，却害了泸县许多无知愚夫愚妇的性命。"

苗星道："丈人怎会明白？"

史勇道："事情已过去了，我还不明白，你就小觑我一些道法也没有了。这白莲教的道法，只能把过去的事算得不会走板，若说到未来的事，就没有这道法能算得准了。譬如你到这客店来，我因你到来，才前来会你，你没有到来，我便不能算得到你到来，也不会前来会你，这就是我能算准过去的事，不能算到未来的事一种道理。如果那妖狐能算到未来的事，也不敢久在那泸县地方妖言惑众了。白莲教所以为旁门左道，道法终不及月朗老和尚的禅门正觉，也就是能算过去的事，不能知道未来的事，是一种道理。

"你问销魂酒是什么东西做成的，那妖僧要在泸县地方造谣生事，硬要害却人家的性命，又为什么，我们在这里吃菜，没有第三个人，不妨把那其中的玩意儿讲给你听。

"那妖狐曾练一种百魂幡法，是旁门左道中最厉害、最恶毒的法术。要炼这百魂幡，须谋取一百个信心向佛人的灵魂，炼成了功，用处大得骇人。她在泸县地方，闹出那么一件奇事来，坑害了数十人性命，为的就是要炼成这么一件最厉害、最恶毒的百魂幡。

"什么是销魂酒呢？这销魂酒就用那未经炼成的百魂幡，在那寻常的酒中照了一照，这酒便借着百魂幡的妖术，变作了销魂酒。不拘你有多大本领、多大道法的人，一吃下这销魂酒，你这魂灵便脱离了躯壳。

"那妖狐做成了一瓮销魂酒，也分一壶给我。我没有用处，怕留着害人，已被我放在火中烧完了。"

苗星听罢，把头点了两点，遂又向史勇问道："丈人到这里来，是帮助小婿扑灭白莲教的，自然是那彭天球的对头星了。彭天球的道法又比丈人高强，怎么他不前来和丈人为难，这又是什么道理？"

史勇道："不错，彭天球那厮果然算准我来和他为难，再不能和我讲交情了。但他总因你是白莲教的大敌，他纵然妖法比你高强，却怕你的神剑厉害，目标射在你一人身上。他总以为他的妖法是吃得住我，不怕我前去栽他一个跟斗，也就不用防闲我，前来和我为难。就是前来，我也有这道法知道他前来，难道四川这么大的地方，没有我藏身所在吗？你此番尽可到山上去，杀了彭天球，其余的教徒，我有这能耐可以扑灭他们，用不着你麻烦，麻烦也没有用处。"

苗星道："倘然彭天球算到我去和他为难，先行逃跑一步，叫我到什么地方去寻他哟？"

史勇道："逃跑是不会有的事，他只算得你要前去对付他，却也仗着他的人多势大，虽不敢前来寻你，但想以逸待劳，或者能给那妖狐报复前仇，他如何能知道他的死期已在眼前呢？"

苗星道："他们白莲教的机关，在峨眉山哪里？那彭天球可在里面什么地方？"

史勇听罢，便一一向他说明，吃了一会儿菜，兀自去了。

苗星当夜养息精神，睡到三更向后，便会过房钱，走出了客店，直向峨眉山去。

再说那白莲教的机关，是一个退归林下的尚书起的一所大住宅内，前后五进，约有一百多间。这尚书在新屋落成的时候，无福享受，得了一病，便呜呼哀哉，伏惟尚飨了。生的儿子不肖，他父亲会赚钱，他会用钱，他父亲赚钱赚得那么多，不及他用钱用得那么快。他父亲起高堂、建大厦，总因有他这个儿子，为子孙万世的基业；他就变家私、卖田产，总因有他这个父亲，不肯为子孙修积后来的福。家私也变完了，田产也卖光了，没有钱供给这位公子哥儿的挥霍，就得把他父亲新建的高堂大厦，央求托卖人家。无如那些人家不说尚书生的儿子不肖，反说这房子远离喜神，近接山煞，才一造起来，主人就捐驾了，不上二年，还怕要土木成灰呢。纵然有钱，也不肯买他这种不吉利的住宅。

唯有白莲教中的人，不信得那些阴阳风水的无稽之谈，仗着有的是钱，便将这房子买下来做他们白莲教男女信徒的收容所，也就是四川峨眉白莲教的总机关。白莲圣母住在第五进，彭天球却住在第四进。因为白莲圣母在泸县被苗星结果了，彭天球得了这个消息，他本和白莲圣母发生过恋爱的关系，掐指算得白莲圣母被苗星用神剑杀了，哀哀如丧考妣般，就将自己的卧房搬移到第五进内，日夜伴作白莲圣母的灵魂。本要去寻苗星，给白莲圣母报仇，却怕苗星的神剑太厉害，须比不得那时一个苗星了，但给白莲圣母报仇的心思未尝一刻离怀。

这夜，正和一班白莲教徒商议对付苗星的方法，天球道："可惜圣母炼的那百魂幡，你们都不会使用，我纵然会用，也不及圣母用得奇妙。这百魂幡悬在圣母灵前，待那苗星来时，我便打他一个金钟罩，圣母有灵，自然会帮助我报复苗星的大仇。"

"仇"字才说出来，苗星已如飞而至，手起剑落，只听得咔嚓一声响，彭天球的人头已被苗星抓在手里，哈哈大笑了三声，吓得众教徒都退避三舍。再看苗星，已不见了，众教徒只觉苗星来得稀奇，去得古怪。

白莲教里自没了这个白莲圣母和彭天球两人，正所谓两头蛇无头不行，他们的势力便从此解散了。但他们都学得白莲教的一些妖法，有了这种妖法，便散处在四川各处地方，仍然旧性未改，什么强盗、贼爷爷的事迹，都比绿林中的朋友来得精奇。幸得史勇在白莲教里做过首领，法力自然比他们高强。俗语说得好："捕役是强盗做的。"做过强盗的人做捕役，捉强盗的门槛常识，自然要比寻常捕役得收事半功倍的效用。

史勇由白莲教的首领，一变而为捕获白莲教匪捕役资格，且仗着他有那么大的法力，要办罚这散处各方的白莲教匪，真是荞麦田里捉乌龟——手到擒来的事。不上三月工夫，那一班白莲教匪，强者就被史勇给他一个当面开销，弱者也就不敢再萌妄念，守分为良。四川白莲教的患害，就此告一结束。

看官回想到月朗老和尚那葫芦里的一件法宝，虽是一个小小的纸捻儿，第一步却救了苗星的性命，第二步平了湖北白莲教的大患，第三步又使白莲教的股肱心腹变成一个歼杀四川白莲教的刽子手，竟又扑灭了四川的白莲教。他这件法宝，可比那《封神传》上广成子的翻天印、《西游记》上孙行者的金箍棒还加倍灵验。

话休絮烦，且说苗星回到湖北黄冈史家村来，将彭天球的首级祭奠他舅父沈虎林一番，遂又将他舅父沈虎林的首级带到阜宁，合葬完毕，又转到黄冈。适值史勇已由峨眉回来，大家相见之下，说不尽无限的奇情乐趣。

苗星和史勇、珠兰、史鼎四人，就此在江湖上又干了许多锄奸杀暴的勾当，"白眉侠"三字，几至轰遍了南北各省。谁知这年珠兰一病死了，苗星却哭了个死去活来。苗母也因死了这个好媳妇的缘故，哀伤过甚，老年人受不起这一场的痛苦，也就生起病来，一病却随她媳妇归到泉下去了。

苗星既伤老母，又痛爱妻，因那毗庐寺的月朗老和尚，在苗星从四川回来的时候，已带着花豹，仍回到阜宁大王庙去，闭关休养。苗星搬移他慈母、爱妻的灵柩，回归阜宁，殡葬入土。史勇父子送丧回去，苗星便到大王庙中去，谒见月朗老和尚，便问花豹到哪里去。月朗回说："花豹一月前已害病死了。"

苗星怅然道："好好的一个人，怎么死了？我看老和尚一定不死，这是什么道理？"

月朗老和尚笑道："人生在世，生必有死，居士欲跳出这生死的关头，这也不难。老僧记得居士弥月的时候，曾向居士说：'好个白眉小居士，前世老僧欠下你未了的债，今世老僧要和你结下未了的缘。'这'缘'字怎么讲？请居士仔细领悟一下吧！"

苗星闻言大悟，立刻在月朗老和尚面前披剃出家，法名唤作了缘。从此江湖上少一剑侠，方外多一畸人，我这部《白眉大侠》全书，也就从此搁笔了。

总评：

写史勇处又是一副笔墨，与写苗星不同，但写史勇正以写月朗老和尚，写月朗老和尚正以写苗星也。总之，作者描写苗星，不肯轻易作一直笔，而精神贯注于皮肤腠理、眉目口鼻之间，是诚尽化工之能事矣。

苗星之杀彭天球，与上文杀玉面狐事，看似特犯，然特犯而不犯，山水重复，愈见文笔之奇。

　　当日白莲教为患，不止四川一处，白莲教首领不止彭天球一人，而仅写四川彭天球白莲教事。因本书主角为苗星，苗星之生平侠案，以杀四川彭天球为第一快心之事。作者非为白莲教徒作谱，毋庸哓哓，亦小说之体裁理应尔尔。

　　结得不测，余味盎然有道气。